징비록 1

징비록 1

정형수 · 정지연 극본
김호경 소설

21세기북스

차례

지난 잘못을 경계하여 삼가다

予其懲 而毖後患

여기징 이비후환

내가 그 일을 겪은지라 뒤에 올 환란을 삼가노라.

- 시경詩經

휘어진 소나무 옆으로 잔잔한 은빛 물결이 흐른다. 말끔하게 도포와 갓을 차려입은 한 늙은이가 야트막한 바위에 걸터앉아 흐르는 강물을 물끄러미 바라본다. 바위 벼랑 위에서 나뭇잎 하나가 떨어져 강물에 작은 파문을 일으키고는 물결을 따라 아래로 떠내려간다. 투박한 바위들은 1년 전만 해도 그저 바위에 불과했으나 이제 능허대凌虛臺, 보허대步虛臺라는 이름을 얻었다. 모두 그 늙은이가 지어 붙인 이름들이다.

"와하하, 안다리로 걸어서 자빠뜨려야지."

"그게 말처럼 쉽나?"

모래밭에서 씨름을 하는 예닐곱 명 아이들의 왁자하게 떠드는 소리에 늙은이는 고개를 돌린다. 몸뚱이가 새까맣게 그을린 나무꾼 아이들이 지게를 한쪽에 받쳐놓고 씨름을 벌인다. 그 천진난만한 모습을 보며 늙은이는 인자한 미소를 짓는다.

"대감."

시골에서는 좀처럼 보기 어려운 옷을 입은 선전관宣傳官과 화공畵工이 고개를 숙여 깊은 인사를 한다. 늙은이는 덤덤하다.

"번번이 수고로운 헛걸음만 하는구먼. 돌아가게."

하지만 선전관은 쉽게 돌아갈 기미를 보이지 않는다.

"이번에도 그냥 돌아가면 소인 목이 달아날지도 모릅니다."

"벼슬을 받지 않는 건 죄가 되지 않으니 그런 걱정은 말고 돌아가게."

선전관은 휴, 안도의 숨을 잠깐 내쉬고는 간청한다.

"이번엔 벼슬도 아니고, 조정에 납시라는 어명도 아닙니다."

"……."

늙은이의 얼굴이 조금 누그러지자 이때다 싶었는지 선전관이 재빠르게 입을 연다.

"이자는 충훈부忠勳府에서 나온 화사畵史입니다. 호성공신扈聖功臣의 화상을 그리기 위해 내려왔습니다. 부디 이번만은 물리치지 마시고……."

말을 맺기도 전에 꾸짖음이 돌아온다.

"호성공신은 임란 때 임금을 모신 공신들 아니더냐? 나는 공신
이 아니라 죄인이다. 그리 많은 백성들이 도륙되었는데, 호성공신
이라니! 게다가 화상을 그려 후대에 자랑스럽게 남기겠다?"

꾸짖음 뒤에 탄식이 새어 나온다.

"군자를 운운하는 자들이 부끄러움도 모른단 말인가……. 지금
조정에서 살아 숨 쉬고 있는 자들……. 모두가 죄인이야. 그건 주
상도 예외가 아닐세."

선전관과 화상은 너무 놀라 입을 다물지 못한다.

"주상께 전하시게. 류성룡柳成龍은 이미 죽었으니, 다시는 찾지
마시라."

싸락눈이 옥연정사玉淵精舍 위로 흩날린다. 사위가 칠흑 같은 어
둠에 잠겨 있는데 사랑채에서만 낮은 불빛이 새어 나온다. 촛농이
흘러내리는 작은 방에 늙은이가 단정하게 앉아 붓을 쥐어 든다. 일
렁이는 촛불을 아랑곳하지 않고 천천히 글을 써 내려간다. 서탁과
방바닥 여기저기에 글자가 빼곡히 들어찬 누런 종이들이 어지러이
놓여 있다. 흰 수건으로 입을 막으며 연신 밭은기침을 해댄다. 병색
이 깊은 것을 어떻게 감출 수 있으랴. 깊은 호흡을 한 뒤 붓에 힘을

주어 한 자 한 자 써 내려간다.

화살이 빗발치는 속에서도 이순신은 직접 나서 싸우다가 날아오는 총탄에 맞고 말았다. 총탄은 가슴을 관통하고 등 뒤로 빠져나갔다……

이순신李舜臣 생각에 붓을 멈추고 허공을 먹먹히 바라본다. 그리고 다시 눈길을 거둬 글을 이어나간다.

…… 수많은 백성들이 영구를 붙들고 울어 길이 막히고…….

순간, 기침이 쏟아진다. 수건으로 입을 막지만 손가락 사이로 흘러나오는 선혈이 종이 위로 뚝뚝 떨어져 번진다. 밭은기침을 참으며 책을 서둘러 덮는다. 왜소한 어깨 너머로 누런 책표지가 나타난다.

懲毖錄

1.
측실 부인이
낳은 첫 번째 왕

종묘 정전正殿을 천천히 걷는 선조의 얼굴에는 웃음꽃이 가시지 않았다. 한 나라의 왕으로서 근엄함을 갖추어야 했지만 오늘만큼은 함박웃음을 지어도 간언할 대신은 없을 터이었다. 아니나 다를까 선조의 뒤를 따르는 병조판서 류성룡柳成龍, 좌의정 이산해李山海, 우의정 정언신鄭彦信 등 백관들의 얼굴에도 기쁨의 미소가 떠올랐다.

선대왕들의 신주가 모셔져 있는 종묘 정전의 향로에서는 향 연기가 피어오르고 있었다. 선조는 예를 갖추고 앞으로 나아가 향대 위에 펼쳐져 있는 책을 흐뭇하게 바라보았다. 얼마 전 유홍兪泓이 명나라에서 가지고 온 《대명회전大明會典》이었다.

"나는 이 책만 보면 모든 근심 걱정이 다 사라지는 듯하오. 이제

이 《대명회전》의 전질을 가져와 이 자리에 놓게 된다면…… . 과인은 당장 죽어도 여한이 없소."

뒤에 늘어선 백관들이 입을 모아 말했다.

"전하, 망극하옵니다."

선조는 환하게 웃었다. 명나라에서 편찬한 《대명회전》에는 '高麗陪臣 李仁任之嗣 成桂 今名旦者(고려배신 이인임지사 성계 금명단자)'라는 내용이 기록되어 있었다. 태조 이성계가 고려의 권신 이인임李仁任의 아들이며 고려왕을 시해하고 왕위를 찬탈했다는 것이다. 이 터무니없는 기록을 올바로 잡기 위해 태종 때부터 명에 사신을 보내 고쳐줄 것을 요청했으나 번번이 뜻을 이루지 못했다. 참다못한 선조는 경진년(1581)에 김계휘金繼輝를 주청사로 보냈고 다시 계미년(1584)에 황정욱黃廷彧을 보냈다. 그리하여 《대명회전》을 올바르게 수정할 수 있었으니 무려 200년에 걸친 길고 긴 노정이었다. 감격의 종계변무宗系辨誣가 이루어진 깃은 선조가 왕위에 오른 지 22년째 되던 기축년(1589)이었다.

"모두가 전하의 홍복이옵니다."

이산해가 감축의 말을 올리자 정언신도 뒤따랐다.

"그렇습니다. 이 나라가 시역을 저질러 새로운 왕조를 세웠다는 오명을 벗고 종계를 바로 세우신 공은 그 어느 선대왕께서도 해내지 못하신 큰일이옵니다."

선조는 마음속에 자긍심이 솟구쳤으나 짐짓 겸손해했다.

"어디 과인의 공이겠소? 여러 대신들의 공이 참으로 컸소. 명나라로 간 윤근수尹根壽가 《대명회전》 전질을 가져오는 날, 과인은 여러분의 노고에 크게 보답할 것입니다."

그 말이 끝나자 백관들이 일제히 머리를 숙였다.

"성은이 망극하옵니다."

정언신은 몸을 앞으로 내밀어 주청했다.

"종계변무는 건국 이래 200년만의 경사이옵니다. 대국의 은혜를 결코 잊어서는 안 될 것입니다. 두고두고 머리카락으로 신을 삼는 마음으로 그 고마움에 보답해야 할 것입니다. 《대명회전》이 당도하면 우선 사은사부터 보내시옵소서."

선조는 일순 망설이다 류성룡을 넌지시 보았다.

"병판 생각은 어떻소?"

"이번 종계변무는 대국의 은혜라 할 수 없습니다."

뜻밖의 말에 대신들의 눈이 둥그레졌다. 특히 사은사를 보내자 했던 정언신은 크게 당황했다.

"그 무슨 해괴한 말이오!"

"단본징원端本澄源이라 할 수 있으니까요."

선조는 류성룡의 말이 마음에 드는 듯 씨익 웃었다.

"애초 명나라의 기록이 잘못된 것 아닙니까. 잘못된 종계는 고려 말의 신하 윤이尹彛와 이초李初가 명 황제에게 우리 태조대왕을 음해하면서 비롯되었고, 이후 종계를 바로잡아달라는 거듭된 청에도 불구하고 외면했던 명나라 아닙니까? 그로부터 200년 동안 우리 왕실과 조정이 얼마나 큰 고통을 받았습니까. 이제야 사실이 아닌 거짓을 바로잡은 것입니다. 따진다면 뒤늦은 종계변무는 오히려 대국의 사과를 받아야 할 일이지, 은혜라 할 수 없습니다."

정언신은 떫은 감을 씹은 표정이었으나 선조는 그 말이 맞다는 듯 고개를 끄덕였다. 그러나 류성룡의 말만으로 매듭지을 수는 없어 좌의정 이산해에게도 물었다.

"좌상의 생각은 어떻소?"

"신도 병판의 말이 옳다 여겨집니다. 허나……, 은혜라고까지 할 게 없다 하더라도, 명 조정이 선대의 일을 바로잡기 위해 수고해준 것만은 분명하오니, 작은 인사는 하는 것이 예가 아닌가 여겨집니다."

"음……. 좌상의 의견이 적절한 듯하니 그리하시오."

선조는 다시 《대명회전》을 쓸어 만지며 자랑스러운 미소를 지었다. 태조, 정종, 태종, 세종, 문종, 단종, 세조, 예종, 성종, 연산군, 중종, 인종, 명종. 13명의 왕이 못 한 일을 해낸 것은 두고두고 역사에 남을 일이었다. 16살에 왕위에 오른 선조는 조선이 세워진 후 정통 왕비가 아닌 측실 부인이 낳은 왕자로서 왕위에 오른 첫 번째 임금이었다. 선조의 아버지 덕흥군德興君은 중종의 일곱 번째 아들로 후궁인 창빈昌嬪 안씨 소생이었다. 34살의 나이로 붕어하기 전, 명종은 여러 왕손들 가운데서 후계자를 찾았다. 어느 날 왕손들을 전부 모아놓고 명을 내렸다.

"너희들의 머리가 큰지 작은지 알아보려 하니 익선관翼善冠을 써보아라."

모두 익선관을 썼으나 제일 어린 하성군河城君(선조)은 두 손으로 익선관을 받들고는 어전에 갖다 놓았다. 의아한 명종이 물었다.

"왜 쓰지 않는 것이냐?"

"이것이 어찌 보통 사람이 쓸 수 있는 것이겠습니까?"

그 말 한마디가 하성군을 왕위에 오르게 해주었다. 그럼에도 선조에게는 '서자 출신'이라는 꼬리표가 따라다녔다. 그런 선조가 종계변무를 이룬 것은 크나큰 치적이 아닐 수 없었다.

이산해는 미간을 찌푸리고는 류성룡에게 따지듯 물었다.

"사은사를 준비하라는 어명이 마땅치 않습니까?"

류성룡 역시 얼굴을 찌푸리고는 이산해를 타박했다.

"그동안 명나라 황실과 조정에 들인 뇌물이 얼맙니까! 내탕금內帑金은 물론 조정 곳간이 텅텅 빌 지경입니다. 그런데 또 사은사를 보낸다는 겁니까?"

"압니다, 알아요. 그래서 최소한의 성의만 표하자는 거지요. 어찌 됐든, 우리에겐 상국이자, 대국 아닙니까? 관계가 나빠져 좋을 게 없습니다."

"쯧쯧, 명나라 황제도 치부에만 골몰하고, 대신들도 뇌물에만 집착하니, 말만 대국이지, 망국이나 다름없습니다!"

그 말은 맞는 듯싶어 이산해는 쓸쓸하게 웃었다.

"병판……. 나도 명이 고마워 이러겠습니까? 주상의 마음을 들여다봐요. 짜증 나고 화나는 일이 있어도 《대명회전》만 보면 절로 미소를 짓습니다. 방계인 우리 주상이, 적통인 선대왕들조차 해내지 못한 큰일을 해낸 겁니다. 단본징원이 맞는 얘기지만……. 사은사는 주상의 큰 업적을 기린다는 마음이라 여기세요."

"아무리 그렇다 해도 우리 국고가 축나는 건 축나는 겁니다!"

자신의 할 말만 하고 류성룡은 휘적휘적 앞으로 걸어가버렸다.

잘못된 일을 바로잡은 것에 고마움을 표해야 한다는 주장에 화가 치민 사람은 류성룡뿐만이 아니었다.

"단본징원이라……. 광해군은 그 말에 대해 어찌 생각하느냐?"

중전 박씨(의인왕후)가 묻자 광해군光海君은 앞에 놓인 찻잔을 들어 차를 한 모금 훌쩍 마시고는 차갑게 말했다.

"소신은 화가 납니다."

친어머니 공빈恭嬪 김씨보다 더 다정하게 대하는 중전 박씨 앞에서 차갑게 말하는 게 마음에 걸리기는 해도 화가 치미는 것은 사실이었다. 아버지 선조와의 사이에 아들이 없는 중전 박씨는 후궁 공빈 김씨가 낳은 임해군臨海君과 광해군을 친자식 이상으로 사랑했다.

"화가 나? 어찌해서?"

광해군은 흥분을 가라앉히고 또박또박 말했다.

"잘못은 명나라가 한 것인데, 어찌해서 우리가 수많은 주청사와 뇌물을 보내야 한단 말입니까? 그것도 200년 동안이나……. 그리고 어찌해서 우리의 근본이 명나라의 말 한마디와 글 한 구에 좌우되어야 한단 말입니까? 명이 우리를 성인의 나라라 하면 그리되고, 금수의 나라라 하면 그리되는 것입니까? 소신이 화가 난다는 것은 이런 이유 때문입니다."

중전은 그런 과격한 말을 하는 광해군이 걱정되었다.

"내 괜히 물어보았구나. 앞으론 어디서 함부로 그런 말 내뱉지 말거라."

"너무 옹졸한 생각을 해서 송구하옵니다."

중전은 고개를 떨군 광해를 근심 서린 눈길로 바라보았다.

"옹졸한 생각이라 여기지 않는다. 너를 친자식처럼 여기니 하는 말이다."

2.
꽃이 사람보다 낫다

"이랴, 달려라! 달려!"

두 마리 말이 달리면서 일으키는 흙먼지가 산길에 자욱했다.

"네가 아무리 빨라도 나를 이기지 못할걸."

군관 신명철의 말에 이천리는 퉁명스레 대꾸했다.

"길고 짧은 것은 대보아야 아는 거요!"

두 필의 말은 흙바람을 일으키며 질주했다. 앞서거니 뒤서거니 달리는 말은 쓰러진 고목나무를 훌쩍 뛰어넘어 북쪽으로 쉬지 않고 내달렸다. 신명철이 거칠게 말 옆구리를 차면서 이천리를 한참이나 따돌렸다. 이천리 역시 말을 재촉하지만 격차는 쉽게 줄어들지 않았다.

"제까짓 게 날 이길 수 없지."

신명철의 얼굴에 '이겼다' 하는 미소가 번지려는 찰라 말이 앞발을 들며 급히 멈추었다.

"워워."

눈앞에는 단숨에 넘을 수 없는 협곡이 가로놓여 있었다.

"워워. 진정해라, 아가야. 충분히 뛰어넘을 수 있어."

그러나 말은 허공을 향해 '히힝' 울부짖으며 뒷걸음질 쳤다. 다급해진 신명철이 뒤를 돌아보자 어느새 따라온 이천리가 '이랴앗' 고함을 내지르며 힘차게 하늘로 뛰어올랐다. 말과 한 몸이 된 이천리가 멋지게 협곡을 뛰어넘었다.

"오매!"

신명철이 탄성을 내지르자 협곡 너머에서 이천리가 씨익 비웃음 가득한 미소를 보냈다.

"아이고! 어쩔까? 나 먼저 가우."

약이 바짝 오른 신명철을 남겨두고 이천리는 채찍을 휘두르며 신나게 앞으로 달려 나갔다. 한성으로 가는 마지막 길목의 버드나무 아래 오래된 우물에 멈춰 차가운 물을 한 바가지 벌컥벌컥 마시고는 다시 말에 올랐다. 저 멀리 도성의 모습이 어렴풋이 보이자 더 빠르게 달렸다. 장사치들과 선비들, 평민들, 벙거지를 쓴 포졸들이 웅성거리는 병조兵曹 앞에 마침 교자 하나가 멈추었다. 이천리는 홀

깃 그 모습을 보고 병조판서라 생각했다. 아니나 다를까 류성룡이 막 교자에서 내리고 있었다. 이천리는 빠르게 그 앞으로 말을 몰고 갔다. 흙바람이 일어나자 사람들이 얼굴을 찌푸리며 옆으로 피했다.

"대감!"

류성룡은 소매로 코와 입을 가리며 이 방약무인한 놈이 도대체 누구인지 보았다. 말에서 내리기 무섭게 이천리는 또 소리쳤다.

"대감!"

"이놈, 사대문 안에서는 함부로 말을 달리지 말라 하지 않았느냐!"

꾸지람은 아랑곳하지 않고 이천리는 빠르게 입을 열었다.

"왜국 사신이 지금 부산포에 막 도착했구먼요. 이 소식을 알려 드리려……. 다급히 달려왔습니다요."

류성룡은 흠칫했다.

"왜국 사신이 왔다고? 비변사備邊司로 가자!"

파도가 철썩이는 부산진 포구에 사람들이 몰려들었다. 포구 저 멀리에 정박해 있는 커다란 왜선이 물결에 흔들거렸다.

"저 사람은 대마도 도주이고, 그 옆에 머리를 빡빡 깎은 사람은 중이라네."

"왜놈들이 어인 일로 왔을까?"

사람들은 호기심과 두려움이 가득한 눈으로 왜인들을 바라보았다. 두렵기는 현소玄蘇(겐소)와 평의지平義智(소 요시토시)도 마찬가지였다. 배에서 내리는 두 사람을 따라 여러 명의 시종들이 크고 작은 짐을 들고 내렸다. 화려한 안장을 얹은 말 한 필도 끌려 나왔다. 그 모습을 보는 선위사宣慰使 이덕형李德馨의 마음은 편치 않았다. 뒤에 늘어선 관원들 중에는 한숨을 내쉬는 사람도 있었고 씩씩거리는 사람도 있었다. 이덕형은 긴 숨을 한 번 내쉬고는 현소에게 차분히 말했다.

"오랜만이오. 먼 길에 노고가 많았소."

"마중 나와 주어서 감사합니다."

고개를 숙여 인사하고 평의지에게 눈짓하자 평의지가 다급히 두루마리를 건넸다.

"보잘것없지만, 진상할 물건들을 가져왔습니다."

이덕형은 두루마리를 받아 빠르게 훑어보고 관원에게 건넸다.

"물목을 검열한 뒤 조정에 품하도록 하여라."

평의지가 시종에게서 목곽을 건네받아 이덕형 앞에 내밀었다.

"그리고 이건……."

이덕형은 손을 내저었다.

"물목에 없는 물건은 받을 수 없소. 물리시오."

"뇌물이 아닙니다. 어렵게 빼내 온 물건이니 열어보십시오."

세로로 길게 만든 목곽의 뚜껑을 열자 난생처음 보는 물건이 들어 있었다. 이덕형이 흠칫하자 평의지가 '그럴 줄 알았다'는 웃음을 지었다.

"이게 바로 조총이라는 것입니다."

왜국을 통일한 풍신수길豊臣秀吉(도요토미 히데요시)은 조선 조정이 생각하는 것 이상으로 호락호락한 인물이 아니었다. 2년 전에도 사신을 보내 국교를 맺자 하였지만 조정은 풍신수길이 정권을 찬탈한 인물이었기에 단호히 거부했다. 그러나 그는 포기하지 않고 또 평의지를 통해 30명 가까운 통신사를 보낸 것이었다. 대마도 도주 평의지가 그 소임을 맡은 까닭은 대마도가 오랫동안 조선과 무역에 의지해 살아왔기 때문이다. 만에 하나 전쟁이 나면 대마도는 전진기지가 될 수밖에 없는 데다, 그런 일이 터지면 그 이후에 다시는 조선과 무역을 기대할 수 없었다. 평의지는 어떻게 해서든 전쟁을 막으려 했지만 과연 그의 뜻이 이루어질지는 아무도 알 수 없었다.

요란한 옷을 입은 통신사 일행이 부산 포구를 떠나 마을로 들어서자 사람들이 구름처럼 몰려들었다.

"왜놈들은 애당초 이 땅에 들이질 말아야 해."

"그렇기는 하지만서도 저놈들의 힘이 드세다 하던데."

"그렇다 한들 설마 우리나라로 쳐들어오기야 하겠어?"

조정 대신들의 수군거림과 근심은 백성들과 매한가지였다. 비변사에 모인 백관들은 너 나 할 것 없이 무엇이 올바른 대책인지 결론을 내리기 어려웠다. 가장 먼저 입을 연 사람은 정언신이었다.

"거참, 끈질긴 놈들이오. 하긴, 우리가 사신을 보내 학문과 예를 전하지 않은 지 벌써 150년이나 되었으니……. 만일 우리의 문물이 전해졌다면 풍신수길이라는 자가 자신의 왕을 시역하는 천인공노할 일이 벌어졌겠습니까?"

류성룡은 그 말에 반대의 뜻을 내비쳤다.

"150년……. 달리 말하면, 그 긴 세월 동안 우리가 저들을 모르고 지냈다는 뜻이기도 합니다. 이젠 알아볼 때가 되었습니다."

정언지鄭彦智가 깜짝 놀라 물었다.

"국교를 다시 맺자는 말씀입니까?"

"국교를 맺든 안 맺든, 저들의 사정을 알아둘 필요가 있다는 것입니다. 모두들 신숙주申叔舟 대감을 기억하지 않습니까."

갑자기 이 자리에서 110여 년 전 성종 시대에 죽은 신숙주를 왜 들먹이는 것인지 다들 이해할 수 없었다.

"보한재保閑齋 대감 이야기는 왜 꺼내십니까?"

"신숙주 대감은 왜국을 수차례 왕래하며 그들의 사정을 속속들

이 알고 있었지요. 그래서 거칠고 무를 숭상하는 그들에게 예와 학
문을 전해 우리를 상국으로 모시도록 한 게 아닙니까. 그야말로 힘
이 아닌 교린정책으로 외교의 모범을 보인 것이지요."

정언지는 그 말이 맞기는 해도 왜국과 국교를 맺자는 주장이 탐
탁지 않았다.

"하지만 풍신수길이라는 자는 지극히 위험한 인물이오. 그런 자
와 국교를 맺을 수는 없지 않소."

"그만큼 위험한 자니 잘 살펴둘 필요가 있다는 것입니다."

그러나 선조 역시 류성룡의 주청이 마음에 내키지 않았다. 편전
에서 독대한 류성룡을 넌지시 보고는 언짢다는 표정으로 입을 열
었다.

"2년 전에 왔던 왜국 사신을 통해 국교를 맺지 않겠다고 분명히
과인의 뜻을 전했소. 내 병판의 뜻에 따라 다시 사신이 오는 것까
지는 막지 않았지만, 그들을 만날 생각은 없소."

"전하, 국교를 맺자는 뜻이 아니옵니다. 2년 전, 왜왕의 국서에
서도 보셨다시피, 풍신수길이라는 자는 무력으로 왜를 통일하고,
스스로 황제라 칭하는 잡니다. 필시 위험한 자이니 살펴볼 필요가
있습니다. 사신을 만나보시옵소서."

선조가 갑자기 탁자를 내리쳤다.

"지금 과인에게 자신의 주군을 시역하고 왕이 된 자의 사신을 만나 국교를 논하라는 얘긴가! 왕을 시역한 나라는 금수의 나라라 하지 않는가! 지난 200년 동안 우리가 명으로부터 그 오해와 고통을 받고 이제야 겨우 예의 나라로 바로 섰는데, 또다시 금수의 나라와 국교를 논한다면 이 나라 역시 금수의 나라가 되는 것 아닌가 말이야!"

"고정하시옵소서. 왜국 사신을 만난다 해서 국교를 맺는다는 것은 아니지 않습니까?"

그 말이 전혀 이치에 닿지 않는 것은 아니었기에 선조는 가까스로 화를 참았다.

"그대들이 사신을 만나 왜의 동정을 살피는 것까지는 내 말리지 않겠소. 허나 그들이 궐 안으로 들어오는 일은 결코 없을 것이오. 통신사 일은 더 이상 논의치 마시오."

류성룡은 엎드려 절하고는 물러나면서 장차 이 나라의 운명이 어떻게 될지 근심이 가득했다.

그때 한성과 가까운 파주에서 술잔을 나누는 세 사람이 조정을 피바람으로 몰아넣을 것이라는 사실은 류성룡뿐만 아니라 그 누구도 알지 못했다.

"그래, 창평昌平 생활은 편하신가?"

아담한 기와집 후원 한가운데 하늘로 가지를 숱하게 뻗은 커다란 감나무가 그늘을 드리웠다. 그 아래 대나무 평상에 앉은 성혼成渾은 마주 앉은 사내에게 술을 권했다. 정철鄭澈은 천천히 술을 받으며 자조적인 웃음을 지었다.

"이산해 같은 동인東人 소인배들과 싸울 일 없으니 가을 망아지처럼 살만 찌네 그려."

"허허! 그건 그렇다손 쳐도, 왜국 사신들이 왔다는 얘기는 들었는가?"

"알고 있네."

"류성룡과 이산해가 통신사를 보내자고 계속 주상을 설득하는 모양이야."

정철은 미간을 찌푸렸다.

"왜놈들이 가르친다고 어디 교화되는 놈들인가! 마땅히 토벌을 해야지. 무슨 얼어 죽을 교린이란 말인가! 걱정 말게. 금수의 나라와 교린하실 주상 전하가 아닐세."

"하지만 조정을 장악하고 있는 동인들이 집요하게 물고 늘어지면 전하도 어쩌지 못하는 수가 있네. 저들은 대의명분 따윈 안중에도 없고 오직 눈앞의 현실만 따지는 위인들 아닌가."

찌푸려진 정철의 얼굴에 이번에는 근심이 서렸다.

"종계변무는 주상의 가장 큰 치적으로 남을 일인데, 오점을 남길 일이야 하시겠는가."

술잔을 비우는 정철의 모습을 지그시 보다가 성혼은 안타까운 목소리로 물었다.

"이보게, 계함季涵. 자네가 낙향한 지 벌써 4년일세. 조정을 이렇게 동인 소인배들에게만 맡겨두고 언제까지 한가롭게 가사歌辭만 지으며 지낼 생각인가?"

"성상의 마음이 떠났는데, 내가 뭘 할 수 있겠나?"

그때 나뭇잎 밟는 부스럭 소리와 함께 한 사내가 후원으로 들어섰다. 그는 대뜸 꾸짖듯 소리쳤다.

"언제까지 한탄만 하고 있을 겐가!"

깜짝 놀란 정철과 성혼이 돌아보자 천민처럼 추레한 차림의 송익필宋翼弼이 성큼성큼 걸어 들어왔다. 정철은 눈을 휘둥그레 뜨며 몸을 일으켰다.

"운장雲長……."

성혼은 그저 씨익 웃기만 했다. 사나흘 전 하인을 보내 정철에게 통기한 뒤 송익필도 은밀히 부른 것이다. 벌써 눈물이 그렁그렁한 정철은 버선발로 달려와 송익필의 손을 마주 잡더니 뜨겁게 끌어안았다.

"이보게, 내가 지금 꿈을 꾸고 있는 건 아니지? 귀신을 보고 있는 건 정녕 아니지? 추쇄꾼을 피해 다니다 죽은 줄로만 알았네."

송익필은 하늘을 향해 호탕하게 웃었다.

"하하! 내가 어찌 죽을 수 있겠는가. 동인들이 나라를 망치고 있는데, 내가 어찌 눈을 감을 수 있겠냔 말이야. 나라가 살아야 우리도 사는 걸세. 조금만 더 참게. 저 동인들을 조정에서 몰아내고 우리의 도학 정치를 펼 날이 곧 올 것이야."

호탕한 웃음이나 도학 정치를 펴겠다는 호언장담과 달리 송익필의 겉모습은 누구 보아도 천민이었다. 정철은 그런 그를 안쓰럽게 바라보았다.

"그동안 어디에서 무엇을 하며 지냈나?"

"내 이야기를 하자면……. 세궁역진勢窮力盡이 이만저만 아니었네. 약초꾼이 되어 조선 팔도를 횡행하며 약초를 캤지. 내 손을 보게나. 손가락마다 굵은 알이 배기지 않았나?"

정철은 그 손을 어루만지며 한숨을 내쉬었다.

"평생 책만 읽던 선비가 왜 이리되었나? 자네야 말로 이산해, 최경창崔慶昌, 백광홍白光弘, 최립崔岦, 이순인李純仁, 윤탁연尹卓然, 하응림河應臨 등과 더불어 '팔대 문장가'로 추앙받지 않았나? 또 이이李珥와도 교우한 재목 아닌가?"

"다 옛날 일일세. 이제 나는 괭이로 언 땅을 파며 칡뿌리나 캐는 노비가 되었네."

성혼이 붉게 상기된 얼굴로 혀를 끌끌 찼다.

"그런 말일랑 하지 말게. 자네가 비록 서얼 출신이고, 또 시대를 잘못 만나 집안이 몰락했다 해도 그 뛰어난 재질이 어디로 간단 말인가?"

"시대? 그래! 시대가 잘못이지. 내가 노비로 떨어져 추노꾼에게 쫓기는 신세가 되어 있을 때 동인 나부랭이들은 상감에게 달라붙어 조정을 장악하고 온갖 탐욕을 부렸지."

술잔을 쥔 정철의 손이 부들부들 떨렸다.

"지금 이 시각에도 그 패거리들은 주상 전하를 둘러싸고 국정을 쥐락펴락하고 있을 걸세."

"그것이 잘못된 길임을 주상 전하는 어찌 헤아리지 못하신단 말인가?"

정철의 말은 사실이었다. 남산 북쪽 기슭에 자리한 낙선방樂善坊의 동평관東平館에서 류성룡은 이덕형과 함께 왜국 통신사를 만나고 있었다. 마주 보고 앉은 평의지와 현소는 녹차를 마시면서도 긴장을 풀지 않았다. 평의지는 찻잔을 들어 입으로 가져가려다가 일순 멈추고는 당황해서 물었다.

"허면, 전하를 알현할 수 없단 말입니까?"

"지금으로선 그렇소."

류성룡의 말에 현소는 실망이 컸다.

"어허, 이거 큰일이군요."

평의지가 갑자기 정중하게 무릎을 꿇었다.

"대감, 도와주십시오. 이번에도 빈손으로 돌아가면 우리 두 사람은 물론 대마도 백성이 모두 도륙됩니다! 지난번 빈손으로 돌아갔던 귤강광橘康廣(다치바나 야스히로)도 참혹하게 죽었습니다."

이덕형은 깜짝 놀라 되물었다.

"귤강광이라면 2년 전 우리나라에 와 오만방자하게 굴던 사신 아닌가."

"대감, 관백 전하는 무서운 분입니다. 국교를 맺지 않으면 전쟁을 일으킬지도 모릅니다."

전쟁이라는 말에 류성룡은 흠칫했다.

"도대체 관백은 어떤 사람이기에 전쟁을 일으킨단 말이오? 또 귤강광은 왜 죽였소."

두 가지 모두 평의지가 쉽게 대답할 수 있는 질문이 아니었다. 이마로 흘러내리는 땀을 닦으며 띄엄띄엄 입을 열었다.

"그게……. 2년 전이지요. 관백의 거처인 오사카성大阪城으로 저와 귤강광이 함께 들어갔습니다. 그때 관백의 무장인 소서행장小西行長(고니시 유키나가)과 가등청정加藤淸正(가토 기요마사)이 배석했고 몇몇 가신과 영주들도 있었는데……."

풍신수길은 꽃향기를 맡으며 전지가위로 말라죽은 가지를 잘라냈다. 검게 변한 가지 하나가 발밑으로 뚝 떨어지자 차분한 목소리로 물었다.

"뱃길이 험해 사람을 보내지 못한다?"

불안한 얼굴의 평의지는 '분명 오늘 사단이 나리라' 생각했다. 귤강광은 흙바닥에 무릎을 꿇은 채 벌벌 떨었다. 풍신수길은 그런 귤강광은 거들떠보지도 않고 평의지에게 재차 물었다.

"조선에서 통신사를 보낸다는 얘기도 없이 달랑 이 말 한마디를 답서라고 들고 왔다?"

입을 달싹거리다가 평의지는 침만 꿀꺽 삼켰다. 섣불리 변명하기보다는 아무런 말도 하지 않는 게 차라리 나았다. 귤강광이 식은땀을 흘리며 변명을 늘어놓았다.

"과, 관백 전하! 그것은 문약한 조선이 천하를 통일한 전하를 두려워해서, 감히 통신사를 보낼 엄두조차 못 내 그러한 것입니다."

"조선은 날 두려워하고, 너는 날 두려워하지 않나 보구나. 네놈이 진정 날 두려워했다면 목숨을 걸고 제대로 된 답서를 받아 왔어야 하지 않느냐? 아니면 답서를 거짓으로 만들어서라도 내 비위를 맞추려 했을 텐데 말이야. 짐이 짐작하기에 네놈은 나를 등에 업고 객쩍은 호기나 부리고 접대나 누리고 온 것이 분명하다."

귤강광은 당황해서 말을 더욱 더듬었다.

"매, 맹세코, 그, 그, 그런 일은 없었사옵니다."

풍신수길이 피식 웃었다.

"꽃이 사람보다 나은 게 뭔지 아나? 꽃은 질 때가 돼도 변명하지 않아."

전지가위로 꽃의 목을 툭 자르자 꽃잎이 떨어지며 흩날렸다. 순간 가등청정이 새된 고함을 내질렀다.

"이놈!"

그리고 호위무사의 칼을 빼앗아 귤강광의 목을 단숨에 날려버렸다. 너무 급작스럽게 일어난 일이기에 평의지는 땅바닥에 나뒹구는 귤강광의 머리가 살색의 돌덩이라 생각했다. 그러나 그 돌덩이에서 핏발 선 눈동자가 자신을 매섭게 노려보자 온몸에 전율이 일었다. 귤강광의 목에서 튄 붉은 피가 가등청정의 얼굴과 주변 꽃밭에 흩뿌려졌다. 풍신수길은 잠깐 이맛살을 찌푸렸다.

"저놈, 성질머리하곤……. 가토! 후원이 더럽혀지지 않느냐!"

가등청정은 아무런 대답 없이 성큼성큼 다가가 평의지의 뒷덜미를 잡아끌고는 풍신수길 앞에 꿇어앉혔다. 칼을 번쩍 치켜들자 평의지는 눈을 질끈 감으며 '오늘 분명 사달이 나리라'는 예감이 딱 들어맞았다고 생각했다. 칼이 허공을 가르려는 순간 풍신수길이 다짐 받듯 물었다.

"네놈은 조선 사신이 답서를 들고 와서 짐 앞에 머리를 조아리게 할 수 있겠느냐?"

평의지는 눈을 번쩍 떴다. 무작정 '그러하옵니다'라고 대답하는 것이 최선책이었다.

"할 수 있사옵니다. 목숨을 걸고 그리하겠습니다."

"네놈 하나의 문제가 아니다. 실패하면 네놈 가족은 물론…… 쓰시마의 모든 백성이 도륙당할 것이다."

류성룡의 눈썹이 파르르 떨렸다.

"아무리 관백이라 해도 사람을 그리 쉽게 죽일 수 있단 말인가?"

"꽃 한 송이보다 못하지요."

평의지의 대답에 이덕형이 고개를 절레절레 내저었다. 평의지는 조선의 대신들이 이리도 이웃 나라 정세에 어두운데 어떻게 나라를 이끌어가는지 의문이 들었다.

"전국을 통일한 관백 전하는 수십만의 군사를 보유하고 있습니다. 그것도 오랜 전쟁으로 단련된 사무라이들입니다. 그리고 무엇보다 조총으로 무장한 군대는 상상을 초월합니다. 결코 저희 관백 전하를 가벼이 여기시면 안 됩니다."

"음……. 알겠소. 대신들과 상의해 다시 주청해볼 테니, 기다리시오."

류성룡과 이덕형이 우울한 얼굴로 일어서자 현소가 나직이 말했다.

"너무 우려하지 마십시오. 부처님의 가피가 있을 겝니다."

평의지는 그런 현소가 자못 한심했다

"막연한 말씀 마십시오. 전쟁은 꼭 막아야 합니다. 생각해보십시오. 그동안 풍신수길이 내전에나 골몰했지, 우리 쓰시마를 도운 게 뭐가 있습니까? 쌀 한 톨 나기 힘든 척박한 쓰시마는 그나마 조선과의 무역에 의지해 살아왔습니다. 만일 전쟁이 나면, 우리 쓰시마가 전초기지가 되는 건 불 보듯 빤한 일……. 쓸 만한 모든 사내들은 군사로 징발될 것이고, 얼마 남지 않은 곡식마저 모두 군량으로 내놓아야 합니다."

조정 대신들이 왜국 문제로 골머리를 앓을 때 백성들의 삶은 어제와 똑같았다. 땀 흘리며 논에서 일하고, 밭에서 채소를 거두어들이고, 산에서 나무를 하고, 바다에서 고기를 잡았다. 그것은 풍족하지는 않았지만 가족과 함께 그럭저럭 삶을 살아갈 수 있을 정도였다. 저 아래 전라도 바닷가 마을도 매일반이었다. 파도가 철썩이는 포구에서 사람들은 팔을 걷어붙이고 갓 잡은 생선을 퍼 올리느라 여념이 없었다.

"오늘은 괴기들이 나수 잡혔네 그랴."

"매일 이렇게만 잡히믄 내사 걱정이 읎지."

그때 섬을 끼고 배 한 척이 갑자기 모습을 드러냈다.

"저 배가 뭐시여?"

어부들이 긴가민가 바라보는 사이 빠르게 다가온 배는 포구에 정박했다. 배에서 쏟아져 나온 사람들은 괴성을 내지르며 어부들에게 쏜살같이 달려와 다짜고짜 칼을 휘둘렀다. 미처 피할 틈도 없이 수십 명의 어부들이 그 자리에서 도륙되었다. 몇 명이 노를 들고 내휘둘렀지만 장검을 든 왜의 해적들을 당해낼 수 없었다. 포구를 피바다로 만든 해적들은 마을로 몰려가 불을 지르고 숨어 있는 아낙들을 전부 찾아내 배로 끌고 갔다. 서당 아이가 '하늘 천, 따 지, 검을 현, 누르 황'까지 읊조리는 사이에 평화로운 마을이 피비린내 풍기는 쑥대밭으로 변한 것이다.

"참극도 이런 참극이 없소."

사랑방에 앉은 이산해가 울분에 겨워 말했다. 화가 치솟기는 류성룡도 마찬가지였다.

"자기 나라의 사신이 와 있는데도 노략질을 멈추지 않는 왜구들입니다. 이러다간 변방의 백성들은 하나도 살아남지 못할 것입니다. 왜구의 노략질은 왜왕이 직접 다스리는 게 가장 현명한 방법입니다. 통신사를 보내야 합니다."

"나도 알아요. 허나 주상께서 저리 완고하시니."

"양사에서 상소를 올리고, 좌상께서 대신들의 중론을 모아 다시 한 번 주청 드리시지요. 교린보다 정탐과 왜구 진압이 목적임을 강조해야 할 것입니다."

이산해는 고개를 크게 끄덕였다. 더 이상 선량한 백성들의 죽음과 피해를 묵과할 수 없었다.

3.
천 명의 목숨쯤이야……

따뜻한 햇살이 내리쬐는 선정전宣政殿 앞으로 몸집이 큰 대신 한 명이 위풍당당하게 걸어왔다. 선조는 그를 보자마자 입이 함박만 하게 벌어졌다. 윤두수尹斗壽는 선조 앞에 이르자 허리를 숙여 깊이 절했다.

"그간 강녕하셨습니까?"

"어서 오시오. 그동안 외지에서 얼마나 고생이 많았소?"

선조의 목소리에서 반가움과 위로가 동시에 묻어났다.

"고생이라니요? 역질을 앓고 쓰러져가는 백성들을 보면 멀쩡히 수저를 드는 신은 그저 죄인일 따름입니다."

"그래도 그대가 밤낮으로 백성들을 돌본 덕에 평안도는 역질이 어느 정도 가라앉지 않았는가. 내 이미 수령들의 장계를 통해 그 노고를 익히 들었소. 고생했소.”

“성은이 망극하옵니다.”

두 사람이 선정전 안으로 들어가 자리를 잡자 상궁이 다과상을 내왔다. 내관 이봉정이 선조 옆에 서너 걸음 떨어져 허리를 숙이고 섰다. 마치 선조의 그림자와 같이 있는 듯 없는 듯했다. 선조는 찻잔을 들어 차를 가볍게 한 모금 마시고 마음속에 있는 말을 꺼냈다.

“이제 그만 조정으로 들어오는 게 어떻소?”

“아직 역질이 모두 다스려지지 않았고, 변방의 무너진 성벽 보수도 마무리되지 않았습니다. 신은 아직 할 일이 있사오니 정히 외로우시면…… 정철을 부르십시오. 전하에 대한 충심이라면 정철을 따를 자가 있겠습니까?”

“좌상 이산해가 그리 두겠소?”

선조가 잠시 머뭇거릴 때 내관 한 명이 조용히 들어와 이봉정에게 귓속말로 무언가를 소곤거렸다. 내관의 말을 들은 이봉정의 표정은 조금도 변하지 않았다. 선조가 눈짓을 하자 가만히 옆으로 다가와 조용히 아뢰었다.

“비변사 당상들이 모여 왜에 통신사를 보내야 한다는 중지를 모으기 위해 논의를 하고 있다 하옵니다.”

말이 끝나기도 전에 선조가 찻잔을 거칠게 내려놓으며 낮게 내뱉었다.

"그 사안은 과인이 더 이상 논의치 말라 했거늘……. 기어코 이 나라를 금수의 나라로 만들 생각인가."

그러고는 오랜만에 궁궐에 든 윤두수에게 창피한 마음이 드는 듯 자조적으로 읊조렸다.

"윤 감사, 과인이 이렇게 힘이 없습니다그려."

윤두수는 당장에라도 비변사로 달려가 한바탕 호통을 치고 싶은 마음을 꾹 눌러 참았다. 찻잔에 담긴 따스한 차가 식을 무렵 윤두수는 선정전을 빠져나와 서둘러 비변사로 향했다.

비변사 안에서 류성룡, 이산해, 정언신, 정언지 등 예닐곱 명의 목소리가 들렸다.

"자, 그럼, 뜻을 모았으니 모두 함께 가 주청을……."

이산해가 말을 맺기 전에 윤두수가 문을 벌컥 열었다.

"이 무슨 역적모의들인가!"

별안간 대신 한 명이 쓰윽 들어서자 모두 눈을 둥그렇게 떴다. 정언신은 깜짝 놀라 자리에서 엉거주춤 몸을 일으켰다.

"아니, 윤 감사가 도성엔 어쩐 일이오? 그리고 역적모의라니? 무슨 말씀을 그리 험하게 하시는 게요!"

'벼룩도 낯짝이 있다더니 이자들이 이리 놀라는 것을 보니 분명

옳지 못한 꿍꿍이가 있기는 있는 게로군.'

윤두수는 속으로 생각하며 대뜸 호통을 퍼부었다.

"듣자니, 통신사를 보내자 뜻을 모았다지요? 종계변무가 겨우 매듭지어지고, 주상께서 통신사를 그리 반대하시는데, 이게 역당들이나 하는 논의가 아니면 뭡니까? 우리가 왜와 국교를 맺으면 명나라에서 우리를 어찌 보겠습니까? 역시나 근본이 같은 나라라 여기고, 우리를 왜와 똑같이 대하지 않겠습니까? 만일 명이 국교를 끊는다면, 그것을 왜가 대신할 수 있느냔 말이오!"

좌장 격인 이산해가 그 말을 받았다.

"왜와 국교를 맺겠다고 한 적 없소이다. 관백이라는 자가 거칠고 의심스러우니, 그를 살피자는 것이에요."

"어쨌든 통신사라는 형식과 절차를 밟는 순간, 우리 조선의 국격은 금수의 나라로 떨어지는 것입니다."

이산해는 불쾌한 표정으로 그 말을 반박했다.

"이 일은 외직에 있는 평안감사가 나설 일이 아니니, 돌아가 역질이나 마저 잘 다스리세요. 모두들 주상 전하께 갑시다."

그 말이 끝나자 모두 뚱한 얼굴로 앞서거니 뒤서거니 비변사를 빠져나갔다. 홀로 남은 윤두수는 그저 입술만 깨물 뿐이었다.

하지만 선조는 입술만 깨물고 있지는 않았다. 편전 앞에 죽 늘어선 당상들을 향해 차갑게 말했다.

"물러들 가라 하지 않느냐!"

그러나 물러가라는 한마디에 조용히 물러날 것 같았으면 애당초 오지도 않았을 것이다. 류성룡은 바닥에 엎드리며 호소했다.

"전하. 2년 전, 정해왜변丁亥倭變으로 죽은 백성들의 피가 아직 마르지도 않은 데다 노략질이 끊이질 않고 있습니다. 백성의 참담한 현실만큼 큰 명분이 어딨겠습니까? 통촉하여주시옵소서."

이때다 싶어 이산해가 뒤를 이었다.

"하삼도下三道 해안을 괴롭히는 왜구 무리를 왜의 관백이 다스리도록 하는 것이 이이제이의 가장 현명한 방법이오니, 부디 왜구에게 시달리는 백성들을 가엾게 여기시어 통촉하여주시옵소서."

순간 문이 왈칵 열렸다. 선조가 신하들의 호소를 뒤로하고 문을 열어젖힌 것이다. 늘어선 신하들이 움찔하자 선조는 서늘한 눈으로 류성룡을 쏘아보다가 사뭇 조롱하듯 말했다.

"스승님들, 부탁드립니다. 이 제자를 그만 괴롭히세요. 스승님들은 제게 왕은 백성의 아버지라 가르쳤지 않습니까. 그런 과인이 금수의 나라 왕이 되면 백성들 또한 짐승이나 다름없어지는데, 그게 더 비참한 것 아닙니까? 난…… 백성들을 금수로 만들지 않으려 이러는 것이오……. 그러니……."

비꼬는 선조의 말에 어안이 벙벙해진 대신들이 서로의 얼굴만 바라볼 때 선조가 버럭 소리를 내질렀다.

"그만 물러들 가란 말이오!"

꽝 소리를 내며 거칠게 문이 닫혔다. 모두 깜짝 놀라 방문만을 응시했다. 이산해가 한숨을 내쉬자 그것이 신호인 듯 다들 무거운 발걸음을 돌렸다.

동인파 대신들이 하릴없이 돌아간 며칠 후 올곧기로 소문난 조헌趙憲이 대궐문 밖에서 상소를 올렸다. 이봉정이 종종걸음으로 선조에게 그 소식을 알렸다.

"전하. 조헌이 지부상소持斧上疏를 올렸사옵니다."

"상소면 상소이지, 지부상소는 또 뭐란 말이냐?"

이봉정은 망설이다 선조의 화난 눈빛에 마지못해 대답했다.

"받아들이지 않으려면 머리를 쳐달라는 뜻으로 도끼를 지니고 올리는 상소라 하옵니다."

"도끼로 머리를 쳐달라? 그토록 강경한 상소가 대체 뭐란 말이냐?"

경복궁 앞에 엎드린 조헌 뒤에는 그를 따르는 유생 수십 명이 일제히 무릎을 꿇고 있었다. 조헌은 피 끓는 목소리로 상소문을 읽어나갔다.

"전하, 성군은 무릇 현자와 사악한 신하를 구별하여야 한다 했습니다. 이산해와 류성룡은 대의와 명분을 망각하고 왕을 시역한 금수의 나라와 국교를 맺자 하니, 이보다 더 사악한 무리가 어디 있겠습니까? 통신사 파견은 있을 수 없는 일이옵니다. 부디 사악한 무리들을 물리치시고 이이나 정철, 윤두수 같은 현자들을 주변에 두신다면, 은택을 입은 팔도 백성이 얼마나 다행으로 여기겠습니까. 이를 받아들이지 않으신다면 차라리 이 도끼로 신의 목을 치시옵소서!"

더불어 일본 사신의 목을 베야 한다고 사흘 내내 주야로 간했으나 선조는 그 말을 받아들이지 않았다.

이산해와 류성룡은 심기가 불편했다. 조헌 같은 대선비가 노구의 몸을 이끌고 옥천沃川에서 올라와 지부상소를 올리는 결단은 흔치 않은 일이었다. 그를 따르는 유생들의 숫자만 해도 동인들이 결코 무시할 수 없는 수였다.

"국론의 분열이 심각합니다."

류성룡은 조헌의 애국 충절은 충분히 공감했지만 그 행동이 국론의 분열을 불러오지 않을까 우려되었다. 이산해가 넌지시 중얼거렸다.

"조헌의 상소 뒤에 서인들이 있는 것 같습니다."

"…… 그보다 백성들까지 갑론을박한다니, 그게 더 문젭니다."

"이렇게 앉아서 한숨만 내쉴 수는 없으니 주상 전하를 설득해봅시다."

그러나 선조는 냉담하기 그지없었다. 줄곧 왜국의 통신사를 만나야 한다고 주장하는 두 대신도 마음에 들지 않았고, 왜국 사신의 목을 베라는 조헌의 상소도 도리에 합당하지 않았다. 이산해는 며칠 동안 생각한 묘안을 주청했다.

"당장 통신사를 파견치 마시고, 정해왜변 때 포로로 끌려간 백성들과, 백성을 학살하고 노략질한 왜구의 수괴와, 또 그들의 길라잡이를 한 반역자 사화동沙火同을 데려오라 명하시옵소서. 이 약조를 지킨다면, 통신사 파견을 고려해보겠다 하시면 어떻겠습니까?"

선조는 한참이나 생각한 뒤 답을 내렸다.

"알겠소. 그리하시오."

어명이 전해지자 동평관에 머물던 평의지와 현소는 서둘러 경복궁으로 들어왔다. 그들 앞에 펼쳐진 광경은 사뭇 위엄이 넘쳤다. 조선 궁궐 안의 분위기는 풍신수길의 패악한 행동과는 거리가 멀었다. 그렇지만 자칫 잘못하면 여기서도 목숨을 잃는 것은 마찬가지였다. 왜국 사신들의 목을 베라는 상소가 올려졌다는 소문을 두 사람도 익히 들었기 때문이었다. 정전 안팎에는 문무백관들이 도열해 있고, 용상에 앉은 선조는 냉엄한 얼굴이었다. 무장한 내금위內

禁衛 군사들이 늠름한 모습으로 왕과 대신들을 호위했다. 정전 서문을 넘어서는 평의지는 다리가 후들후들 떨렸다. 조선의 왕을 만나기는 처음이며 어쩌면 마지막이 될 수도 있었다. 입술을 꾸욱 물고는 현소와 함께 큰절을 올렸다.

"현소와 평의지가 전하를 뵈옵니다."

"…… 먼 길 오느라 고생 많았소. 내 그대들의 청은 대신들을 통해 잘 들었소."

평의지는 허리를 약간 들고는 떨리는 목소리로 아뢰었다.

"전하, 저희들은 오랜 세월 조선의 은혜를 입어 글과 예를 배울 수 있었습니다. 모쪼록 이날 이후에도 성은을 베푸시어 양국의 관계가 돈독해지도록 사신을 보내주시옵소서."

"그걸 원하는 자들이 허구한 날 우리 해안을 노략질한단 말인가! 그대들이 진정 예전처럼 우리를 상국으로 받들 의지가 있는지를 확인한 연후에 그대들의 청을 재고해볼 것이오. 왜국은 2년 전 정해왜변을 일으킨 왜구의 수괴들과 그들의 길라잡이를 한 조선인 사화동을 내 앞에 대령하라."

평의지는 그 조건이 나쁘지 않다고 생각했다. 해적 서너 명의 목숨을 바치고, 조선 포로들을 되돌려 보내고, 역적으로 지목된 사화동을 넘겨주는 것으로 전쟁을 피할 수 있다면, 정말 좋은 조건이었다.

임금이 왜국 사신을 만났다는 소문은 곧 조선 팔도에 퍼졌고 깊은 산골에 은신한 송익필의 귀에도 들어갔다. 송익필은 허름한 움막 안에서 작두로 약초를 썰면서 마주 앉은 사내들에게 혼잣말인 듯 중얼거렸다.

"주상의 처지가 외롭게 됐구먼."

성혼은 금방이라도 분통이 터질 듯했다.

"이러다 동인 패거리들이 아예 왕 노릇을 하겠어."

하지만 정철은 아직 마음의 여유가 있었다.

"허허. 주상 험담은 그만하고 대책을 좀 내어보란 말일세."

송익필은 약초 썰던 손을 멈추고는 눈을 반짝 빛냈다.

"이제 슬슬 종기 속에 꽉 찬 고름을 빼볼까?"

정철이 바짝 당겨 앉았다.

"무엇으로 고름을 뺄 것인가?"

송익필은 새파랗게 날이 선 작두 아래에 마른 약초 하나를 집어넣어 싹둑 썰고는 음흉하게 읊조렸다.

"…… 전라도 진안鎭安에 있지. 정여립鄭汝立이라고……."

으라차앗!

말의 귀를 닮았다 하여 마이산馬耳山이라 불리는 진안의 산등성이 아래 개활지에서 드높은 함성이 울려 퍼졌다. 족히 수백 명이 넘는 장정들이 산을 깎아낸 무술 훈련장에서 무예를 연마하느라 여념이 없었다. 기다란 대나무 끝에 대동계大同契 깃발이 펄럭였다. 장정들이 한쪽에서는 활을 쏘고, 또 한쪽에서는 검술을 수련하느라 비지땀을 흘렸다. 한성의 경군京軍 못지않은 절도와 패기가 넘쳐흘렀다.

"창검술도 중요하지만 활쏘기에 더 전념해야겠어."

높은 바위 위에 올라 훈련 모습을 지켜보던 사내가 나직이 말하자 옆에 선 사내들이 일제히 그 말을 받았다.

"넷! 그렇게 시행하겠습니다."

정여립은 용이 새겨진 칼을 들고 흐뭇하게 장정들을 바라보았다. 곧 왜적들이 이 강토를 침략할 것이라고 그는 예측했다. 어려서부터 머리가 비상했던 정여립은 왜적의 침입이 닥칠 것을 알고 있었다. 그러나 정작 저 멀리 떨어진 숲에서 나무꾼 차림의 사내가 자신을 정탐하고 있다는 사실은 까마득히 알지 못했다. 커다란 소나무 뒤에 몸을 가린 정탐꾼은 일사불란한 수백 명의 장정들을 보고는 기가 질렸다.

"병졸 규모가 못해도 500은 되어 보였습니다."

정탐꾼의 보고를 들은 정철의 눈이 간사스레 빛났다.

"정여립이 우리에게 천재일우의 기회를 주는 건가."

성혼이 차분하게 응대했다.

"먼저 장계를 올리도록 합시다."

"누가 좋을까요?"

"한 명으로는 주상 전하의 마음에 동요를 일으키기 어려우니 여러 명을 동원하지요."

장대비가 쏟아지더니 번개가 번쩍였다. 뒤이어 천둥소리와 함께 빗줄기가 더욱 거칠게 쏟아졌다. 그 거친 빗줄기를 뚫고 파발이 경복궁을 향해 사방에서 달려왔다.

"역모라……. 이제 시어미 노릇 하기도 지겨우니 아예 왕 노릇을 하시겠다?"

장계를 읽는 선조의 눈꼬리가 파르르 떨렸다. 황해도 관찰사 한준韓準의 장계가 올라왔을 때만 해도 긴가민가했다. 그러나 뒤이어 안악安岳 군수 이축李軸의 장계가 올라왔고, 재령載寧 군수 박충간朴忠侃, 신천信川 군수 한응인韓應寅의 장계가 줄을 이었을 때 역모가 꾸며낸 이야기가 아님을 깨달았다. 얼굴 가득 비웃음을 짓고는 장계를 내던지며 낮은 소리로 으르렁거렸다.

"정여립, 이놈을 정중히 모셔 오거라. 과인이 용상을 내어준다고 말이야. 흐흐흐."

어명이 떨어지기 무섭게 의금부 앞에서 무장을 갖추고 말을 탄금부도사가 모습을 드러냈다.

"하필 비가 이리 오는 날에 역모를 꾸미다니! 어차피 황천으로 가기는 매일반이지만 맑은 날이면 포졸들이 불평이나 하지 않지."

투덜거리는 그의 뒤로 수백 명의 군사들이 쏟아져 나왔다.

"가자! 역모꾼 잡으러."

장대비를 뚫고 군사들이 남쪽으로 달리기 시작했다. 어두침침한 경복궁 돌담길 한 모퉁이에서 도롱이를 쓴 두 사내가 그 모습을 우두커니 지켜보았다. 정철과 송익필이었다. 한 식경이 채 지나지 않아 어리둥절한 대신들이 옷자락이 젖은 채 대궐 안으로 총총히 들어왔다.

"야밤에 어인 일이랍니까?"

"글쎄요. 전령들이 통 언질이 없으니."

이산해, 정언지, 정언신, 류성룡을 비롯해 대신들이 선조 앞에 도열하자 허탈한 웃음이 근정전勤政殿에 울려 퍼졌다. 모두가 서로의 얼굴만 바라볼 뿐이었다. 대신들의 얼굴을 쭉 훑어본 선조는 이윽고 무겁게 입을 열었다.

"이 모두가 과인이 부덕한 탓입니다. 왜구의 노략질도 없고 들녘에 가을 추수를 하는 백성들의 풍년가만 울려 퍼진다면, 어찌 이 같은 일이 벌어질 수 있겠습니까. 정여립이 역모를 꾸미고 있다는 장계가 안악, 재령, 신천에서 올라왔어요. 황해도와 전라도에서 동시에 서울을 공격해 대장 신립申砬과 병조판서를 살해하고 병권을 장악하겠다는 게요. 그다음은 무엇이겠습니까? 과인을 몰아내고 이 용상에 앉겠다는 것이지요."

선조는 불끈 쥔 주먹으로 용상을 내리쳤다.

"과인이 얼마나 부덕하면 역모를 꾸미겠습니까? 임금으로서 군자의 도를 이루지 못하고, 치세와 경세도 제대로 이루지 못했으니 과인은 물러나야 합니까? 아니, 역도의 칼에 목을 바쳐야 합니까?"

더 이상의 설명을 듣지 않아도 대신들은 사태를 파악할 수 있었다. 이산해가 가장 먼저 입을 열었다.

"전하! 신들에게 죄를 물으소서! 신들이야말로 정여립과 같은 역당을 일찍이 알아보지 못하고, 한때 그에게 국록까지 받게 하였으니, 이는 전하를 능멸하고 사직을 혼란케 한 것이옵니다. 부디 신들을 벌하시옵소서."

선조는 그 말을 무시하고 류성룡에게 화살을 돌렸다.

"병판……. 경은 변경은 그리 방비하려 애쓰면서 어찌해 지척에 있는 과인 하나를 못 지켜 이리 모욕을 당하게 하는 거요! 병조판서가 하는 일이 뭡니까? 나라를 지키고, 백성을 지키고……, 백성의 어버이인 과인을 지켜야 하지 않는가 말이오!"

입이 열 개라도 류성룡은 할 말이 없었다.

"죽여주시옵소서, 전하."

선조는 벌떡 일어서 차가운 눈으로 대신들을 훑어보고는 용포를 젖히며 밖으로 나갔다. 이제 무엇을 해야 할지는 대신들의 몫이었다.

"금부도사는 출발했소?"

역참마다 말을 갈아타고 밤낮으로 달린 금부도사는 이윽고 죽도 마을에 도착했다. 사흘 동안 밥 한 술 제대로 먹지 못해 눈앞에 헛것이 보일 지경이었다. 뒤따르던 수십 명의 군사들 역시 금방이라도 쓰러질 것 같았지만 무술 훈련을 받은 대동계 장정이 500명이 넘는다는 소문에 한편으로는 기가 질리면서도 한편으로는 어깨가 근질근질했다.

"도사都事님, 저기가 죽도 마을입니다."

부장이 가리키는 마을의 한편에 창을 든 군사들이 어슷비슷하게 서 있는 모습이 보였다. 도사가 말을 몰고 가자 현감縣監이 앞으로 나왔다. 도사는 인사를 차릴 경황도 없이 물었다.

"정여립은 어디 있소?"

"도착해보니 이미 자결했습니다."

천하의 이단아 정여립은 칼자루를 땅에 꽂아놓고 무릎을 꿇은 자세로 스스로 목을 찌른 채 자결했다. 그의 나이 43세였다. 이어 정옥남鄭玉男, 김세겸金世謙, 박연령朴延齡, 이기李箕, 이광수李光秀, 나사침

羅士忱, 나덕명羅德明, 나덕준羅德峻, 정인홍鄭仁弘, 한효순韓孝純, 정개청鄭介淸, 유종지柳宗智, 김우굉金宇宏, 윤의중尹毅中, 이발李發, 최영경崔永慶, 유몽정柳夢井, 우성전禹性傳, 조대중曹大中 등 천여 명이 처형되거나 유배되었다. 이로써 권력을 잡고 있던 동인 세력이 몰락했다.

왕위를 지키기 위해 천 명쯤 죽이는 것은 왕으로서 해야 할 책무라고 선조는 생각했다. 선대왕들이 지켜온 조선이라는 나라를 자신이 지켜내지 못하면 후세에 비웃음을 살 것이었다. 그러나 선조는 정여립의 죽음 이후에도 끊이지 않는 상소에 골머리를 앓았다. 정암수丁巖壽는 "정여립과 죽기를 맹세한 전 병조참지 백유양白惟讓이라는 자는 정여립과의 서신을 통해 안동에 내려가 있는 류성룡을 빨리 조정으로 들도록 설득하라는 내용도 적었습니다"라고 간했다. 선조는 지긋지긋해서 상소를 내던져버렸다.

"아직도 역모의 잔당들이 이리도 많이 남았단 말이냐! 류성룡을 파면하고 정철을 불러들여라."

다음 날 황망히 편전으로 들어온 정철은 큰절을 하고 일어섰다. 선조는 다정한 목소리로 그를 맞았다.

"보고 싶었습니다. 지금 과인 주변에 믿을 자가 없습니다. 이제 우상이 있으니 든든합니다."

정철은 눈물을 글썽이며 선조를 우러러보았다.

"…… 이제 신이 전하 곁을 지키겠습니다. 귀신이 되어서라도 전하 곁을 떠나지 않고 지킬 것입니다."

그러나 류성룡을 처벌하자는 정철의 주청은 받아들여지지 않았다.

"장인들은 설사 아름드리 버드나무가 몇 자쯤 썩었어도 그 목재의 가치를 알아보고 버리지 않는다지요? 하물며 옥 같은 선비야 더 말해 무엇 하겠소. …… 이번 일은 이쯤에서 덮겠소."

가장 당황한 사람은 역모 사건을 주도한 서인파 정철과 송익필, 성혼이었다. 이슥한 밤에 정철의 사랑방에 모인 세 사람은 앙앙불락이었다. 송익필이 얼굴을 일그러뜨리며 이죽거렸다.

"주상이 류성룡을 과대평가하는군. 후목분장朽木糞牆, 썩은 나무에는 조각을 할 수 없는 법이거늘."

성혼이 그 말을 받았다.

"어디 그뿐인가? 오히려 상소를 올린 정암수를 국문鞫問하라고까지 명하셨네."

"우리의 세력을 적정한 선에서 견제하겠다는 계산 아니겠는가. 결국 그동안 눈엣가시였던 자들만 제거하고, 남은 자들과 우릴 저울질하며 국사를 운영하겠다는 계산일세."

정철은 그 말이 옳다 싶어 고개를 끄덕였다.

"성심이 그렇다면 우리 일도 이쯤에서 접어야 하지 않겠는가? 그동안 천 명 가까이 쳐냈으니 더 쳐낼 사람도 없지 않은가?"

4.
통신사를
파견하지 않겠노라!

꽝!

적막을 깨는 총성이 산과 하늘을 뒤흔들었다. 총성과 동시에 과녁에 구멍이 뻥 뚫렸다. 선조와 내금위 무사들이 화들짝 놀라 단말마의 비명을 '억!' 내질렀다. 동지사同知事 신립과 류성룡은 덤덤한 얼굴로 과녁을 바라볼 뿐이었다.

"이것이 왜놈들의 무기란 말인가?"

선조가 숨을 들이켜고는 겁에 질린 목소리로 물었다. 류성룡은 조총을 선조 앞에 내밀었다.

"지난번 대마도주 평의지가 바쳤사온데, 나는 새도 떨어뜨린다 하여 조총鳥銃이라 부릅니다."

내금위 무사들과 선조가 망연자실하는 것에 비해 신립은 대수롭지 않게 말했다.

"지레 겁먹지는 말아야 하지 않겠습니까? 조총에 불을 붙이고 쏘는 데 한참이 걸릴 테니, 적이 조총을 쏘기 전에 신이 이끄는 기마 부대가 적의 코앞까지 달려가 적장의 목을 칠 것입니다. 조총이 아무리 무섭다 해도 순식간에 휘두르는 칼이나 창에 비할 바가 있겠습니까?"

선조는 딴은 그 말도 맞다고 생각했다. 총탄이 나간 뒤 새 총탄을 넣고 불을 붙이려면 시간이 걸릴 것이다. 그사이에 조선 병사들이 말을 타고 바람처럼 달려가 칼을 휘두르면 적의 목을 벨 수 있을 것이다. 또한 화살을 날려도 충분할 것이다. 화살을 다시 재는 데 걸리는 시간은 조총을 다시 작동하는 데 걸리는 시간보다 훨씬 더 짧았다.

"1열 발사!"

명령과 동시에 3열 횡대로 늘어선 왜군 포수들 중 1열이 일제히 총을 발사했다.

꽝, 꽝, 꽝.

소리와 함께 나무판으로 만든 수십 개의 과녁에 구멍이 뻥뻥뻥 뚫렸다.

"2열 발사!"

명령과 함께 1열이 일제히 무릎을 꿇으면 그 뒤에 선 2열에서 총탄이 수십 발 날아갔다. 과녁에 또다시 구멍이 뻥뻥뻥 뚫렸다.

"3열 발사!"

2열이 일제히 무릎을 꿇으면 그 뒤의 3열에서 총탄이 수십 발 날아갔다. 너덜너덜해진 과녁에 또다시 구멍이 뻥뻥뻥 뚫렸다.

"1열 발사!"

명령과 동시에 다시 1열이 총을 발사했다.

현해탄 건너 대판성(오사카성) 총포 훈련장은 매캐한 화약 연기가 하늘을 가릴 지경이었다. 조총에서 발사되는 총탄은 화살을 다시 재는 것보다 더 짧은 시간에 무한히 반복될 수 있다는 사실을 조선 사람 그 누구도 알지 못했다. 풍신수길은 그 실전 연습이 무척 마음에 들었다. 그 뒤에 늘어선 소서행장과 가등청정, 우희다수가宇喜多秀家(우키타 히데이에)의 얼굴에도 만족감이 떠올랐다. 다만 어떻게 해서든 전쟁을 막고 싶은 소서행장의 눈 아래에 희미한 그늘이 질 뿐이었다. 시녀 미츠키가 차를 가져와 풍신수길 앞에 대령했다.

"조선 자기에 담은 국화차이옵니다."

찻잔 뚜껑을 열자 국화꽃이 찻물 속에서 서서히 피어나고 있었다. 풍신수길은 차를 한 모금 들이켜고는 찻잔을 만지작거렸다.

"짐은 말이야. 명나라도 좋지만, 이 도자기를 꼭 가지고 싶구나."

무장 세 명이 동시에 무릎을 꿇었다.

"전하의 뜻대로 하십시오! 신들이 앞장서겠습니다!"

"내 뜻? 내 뜻이 무엇인지 너희들이 아는가?"

"……."

"모두 날 따라오너라."

풍신수길은 넓은 탁자 중앙에 앉아 시종에게 명했다.

"세력도勢力圖를 가져와라."

시종이 가져와 펼친 세력도는 조악한 수준이지만 조선, 명, 왜, 여송呂宋(필리핀), 섬라暹羅(태국), 안남安南(베트남), 막와莫臥(무굴, 인도), 노서아露西亞(러시아), 저 멀리 구라파歐羅巴(유럽)까지 그려진 세계지도였다. 풍신수길은 침을 꿀꺽 한 번 삼켰다.

"내 계획은 간단하다. 조선을 거쳐 명을 치는 것이다. 그러기 위해서는 우선 조선과 국교를 맺어야겠지. 그들이 길을 터주면 명까지 쉽게 이를 수 있다."

가등청정이 고개를 갸웃했다.

"국교를 맺는다고 조선이 쉽게 길을 터주겠습니까?"

우희다수가는 그 말에 반박했다.

"조선이 아무리 명나라를 떠받든다고 하나 전국을 통일한 관백 전하의 무서움을 안다면 길을 터주지 않겠나?"

"만약 길을 안 터준다면?"

가등청정이 격하게 대꾸했다.

"까짓것 깔아뭉개면 되지! 전하, 제게 군사 일만만 주시면 당장 조선을 접수하겠습니다!"

풍신수길은 그 말을 무시하고 소서행장에게 물었다.

"고니시, 조선에 대한 네 계산을 말해보거라."

"전하께선 국교와 상관없이 조선이 길을 터주지 않고 우리와 싸우기를 바라시는 게 아닙니까? 관백 전하께서는 재작년에 해적 놈들을 보내 이미 조선의 방비를 떠보셨습니다. 그때 조선 수군은 모래성처럼 무너졌고 우리는 손죽도巽竹島에서 흥양興陽까지 쉽게 점령했습니다. 지난 백 년의 전쟁을 치르면서 단련된 우리 육상군을 조선 육상군이 막아낼 수 있겠습니까? 우리의 유일한 걱정은 해전 경험이 없는 수군이었습니다. 헌데, 조선 수군이 저리 어이없이 무너지는 걸 보면 승전을 위한 모든 문제가 해결된 것이나 마찬가집니다."

"조선이 길을 양보한다 해도 우리가 조선과 전쟁을 해야 하는 이유는?"

"명나라를 치려면…… 조선은…… 당연히 우리의 군수 보급기지가 돼야 하지 않습니까?"

풍신수길이 만면에 미소를 띨 때 문이 조용히 열리고 미츠키가 다시 들어왔다.

"관백 전하, 오쿠이조메お食い初め가 준비되었습니다."

온통 황금으로 치장된 황금 다실 안에 츠루마츠鶴松의 오쿠이조메(100일)상이 차려져 있었다. 붉은 밥, 꼬리와 머리가 달린 도미, 맑은 국, 우메보시梅干し(매실장아찌), 신사神社에서 주워온 작은 돌도 있다. 우메보시는 쭈글쭈글할 때까지 장수하라는 뜻이며, 작은 돌은 이가 튼튼하라는 뜻이었다.

풍신수길이 츠루마츠를 안고 가운데 앉자 오른쪽에 정실 영녕寧寧(네네, 기타노만도코로)이 앉고 왼쪽에 츠루마츠의 생모이자 풍신수길의 측실인 정전淀殿(요도도노)이 앉았다. 소서행장과 가등청정을 비롯한 가신들은 그 앞에 줄지어 앉았다. 풍신수길이 붉은 밥을 조금 떠 츠루마츠의 입에 넣었다. 그리고 츠루마츠가 밥알을 오물거리는 모습을 보고는 파안대소했다.

"하하하! 우리 츠루마츠가 밥알을 씹는구나. 네네, 요도, 방금 이 녀석이 밥알 오물거리는 걸 보았나? 이가 튼튼해야 무엇이든 잘 씹어 먹을 수 있지. 음식만이 아니라 아무리 튼튼한 성도 그리고 아무리 큰 땅덩이도 이가 튼튼해야 먹을 거 아니냐! 하하하!"

풍신수길은 웃음을 그치고 정전의 손을 꽉 잡았다.

"참으로 고맙구나. 넌 나에게 가장 큰 선물을 주었어."

"아닙니다. 관백 전하의 대를 기타노만도코로 님께서 이으셨어야 하는데, 참으로 송구할 뿐입니다."

자신의 이름이 나오자 네네는 흠칫했다. 천하의 관백인 풍신수
길조차 두 여자 사이에서 잠깐 당혹했다. 큼, 헛기침을 한 번 하고
는 네네에게 눈길을 돌렸다.

"네네는 누구보다 훌륭한 인품을 지니고 있지. 결코 시기나 질
투 따윈 하지 않는다. 츠루마츠는 당신의 친자식이나 다름없지 않
나?"

아들을 낳지 못해 평생 조바심을 쳤던 네네는 머리를 조아렸다.

"당연하지요. 제가 대를 잇지 못하는 죄를 지었는데, 어찌 요도
나 츠루마츠에게 고마워하지 않겠습니까?"

풍신수길과 가신들이 츠루마츠의 귀여움에 취해 술잔을 기울이
며 흥겨움에 젖을 때 사시나무처럼 떠는 한 사람이 있었다.

왜구 죄수를 실은 수레 네 대가 흥인문을 통과할 때 마지막 수
레에 탄 사화동은 두려움의 눈길로 사방을 둘러보았다.

퍽!

돌멩이 하나가 날아와 사화동의 머리를 때렸다. 그것이 신호인
듯 사방에서 돌멩이와 욕설이 날아왔다. 창을 든 군관 하나가 허위
허위 팔을 내둘렀다.

"물렀거라. 이 죄수는 주상 전하가 직접 추궁할 죄인이다."

선조는 심기가 불편했다. 돌아보면 임금이 된 이후 마음 편할 날이 하루도 없던 것 같았다. 고령의 대신들은 선조가 어렸을 때부터 서책을 들이대며 선현의 말씀을 익힐 것을 강요했고, 인순왕후仁順王后 심씨沈氏가 수렴청정을 끝마친 후에는 조선 팔도에서 이런저런 상소가 끊이지 않고 올라왔다. 게다가 왜 해적의 노략질이 빈번했으며 조정 대신들은 서인과 동인으로 나뉘어 당파 싸움을 멈추지 않았다. 급기야 정여립의 역모가 일어나 천여 명의 목을 베고 유배를 보냈음에도 또 골치 아픈 문제가 눈앞에 놓여 있었다.

"여기서 통신사는 논할 일이 못 됩니다."

왜와 국교를 맺을 수 없음은 당연지사이고 통신사조차 보낼 수 없다고 완강히 주장하는 사람은 정철이었다. 류성룡은 그 반대였다.

"하지만 반역자 사화동과 왜구의 적장이 쇄환된 것은 왜국에 통신사를 보낸다는 조건부로 이루어진 외교 약조입니다."

"전하께선 약조하신 일이 없습니다."

"일본에 통신사를 보내지 않는다면, 스스로 국격을 떨어뜨리는 일이 될 것입니다."

둘의 설전을 지켜보던 윤두수가 끼어들었다.

"국격을 따질 상대에게 국격 운운해야지요! 저들과 국교를 맺는다면 명나라가 우리를 어찌 보겠소!"

이산해, 신립, 이일, 이덕형, 이항복李恒福은 아무런 말이 없었다.

어쩌면 선조의 눈치를 보는 것인지도 몰랐다. 선조는 대신들의 얼굴을 죽 훑어보았다.

"자고로 외교 문제는 한 번 전례가 되면 좀체 바꾸기 힘든 법임을 모두 잘 알 것이오. 통신사 파견 여부는…… 이 자리가 아닌 헌부례獻俘禮에서 결정하겠소."

인정전仁政殿 뜰에 가을 햇살이 따사롭게 내리쬐었다. 위엄을 자랑하는 깃발들이 하늘을 덮었고, 갑주를 갖춰 입은 내금위 병사들이 일사불란하게 늘어섰다. 야외 용상에 앉은 선조가 아래를 굽어보았다. 좌우로 관복을 정제한 문무백관들이 엄숙하게 도열해 있었다. 서쪽에 역적 사화동과 왜구의 수괴 긴요시라緊要時羅, 신삼보라信三甫羅, 망고시라望古時羅가 포박당한 채 무릎 꿇려져 있었다. 창백한 낯빛의 포로들 앞에서 평의지가 왜국에서 지니고 온 풍신수길의 서신을 떨리는 목소리로 읽었다.

"정해년 조선에 적도가 쳐들어간 일은 본국과 상관없는 일이며……."

선조가 불쾌한 얼굴로 고개를 한 번 끄덕이자 어명이 즉각 아래로 내려갔다.

"읽기를 중단하라."

쇠사슬에 묶인 채 무릎을 꿇은 사화동은 이미 죽음을 각오한 듯 오히려 평화롭기까지 했다. 망나니가 들고 있는 잘 벼린 칼날이 햇빛에 반짝이자 긴요시라의 볼로 눈물이 흘러내렸다. 왜구와 반역 자를 참하기 전에 류성룡은 선조의 결정을 먼저 듣고 싶었다.

"전하, 통신사 가부에 대한 비답을 내려주시옵소서."

포로를 하늘과 나라에 바치는 헌부례 자리에서조차 통신사 문 제를 재촉하는 류성룡이 한편으론 반역자보다 더 미웠다.

"이판, 그대는 백성들의 절규가 들리지 않소? 비답을 내리겠 소……. 금수의 나라, 왜국에 통신사를 보내지 않겠노라!"

서인들은 모두 회심의 미소를 지었지만 류성룡과 이산해는 착 잡하기만 했다. 그 얼굴 표정이 고소한 듯 선조는 쉬지 않고 어명 을 하달했다.

"왜구들과 반역자를 참하라!"

망나니의 커다란 칼이 하늘을 한 바퀴 획, 돌 때마다 목이 하나 씩 땅바닥으로 떨어졌다.

류성룡은 '죽어야 할 사람은 죽어야 한다'고 생각했다. 더 중요 한 것은 국가의 존망이었다. 풍신수길이 조선의 요청에 의해 정해 왜변을 일으킨 왜구들을 보내지 않았다면 그들은 분명 조선 곳곳 을 염탐하는 세작細作이 되었을 것이었다. 그들의 염탐 범위는 부산 포에서 평안도 의주까지, 전라도 해남에서 함경도 온성까지 조선 팔도에 이를 것이었다. 물론 한성도 포함될 것이다.

"노략질하는 왜구 따위가 변방도 아닌 우리의 도성까지 살핀단 말이오?"

선조는 류성룡의 말이 선뜻 공감되지 않았다.

"바로 그것이 의심되는 대목이옵니다. 왜구들은 필시 풍신수길과 연계되어 있을 것입니다."

그렇다면 가볍게 넘길 일이 아니라고 선조는 생각했다. 류성룡이 품 안을 뒤져 도면 여러 장을 꺼냈다.

"얼마 전 전라도 서해안에서 신립이 왜적 세작 네 명을 붙잡았습니다. 그들에게서 빼앗은 도면입니다."

선조는 떨리는 손으로 도면을 받아 펼쳤다. 군기시 화포장火砲匠 이장손李長孫이 심혈을 기울여 개발한 비격진천뢰飛擊震天雷를 필사한 것이었다.

"비격진천뢰의 도면이 저들에게 넘어갔단 말인가?"

"아뢰옵기 황송하오나 그것보다 더 위급한 게 있습니다."

또 다른 도면이 펼쳐지자 선조의 입이 딱, 벌어졌다. 한성의 성곽 그림이었다.

"아니! 비격진천뢰에 도성 주변의 성곽까지……. 허면, 조선 팔도의 군사기밀도 모두 넘어가지 않았다는 보장이 없지 않은가!"

"그렇사옵니다. 속히 팔도 감영에 명을 내리시어 세작을 색출하

도록 하시고 군영의 보안을 철저히 하라 어명을 내리시옵소서. 또
한……."

"또한…… 무엇이오?"

"아니옵니다."

류성룡은 왜국에 통신사를 보내라는 말을 하려다가 입을 꾹 다
물었다. 더 이상 주청하는 것은 신하로서 도리가 아닌 듯싶었다. 궁
궐을 물러나오자 밤하늘에서 비가 한두 방울 떨어지기 시작했다.

"곧바로 집으로 가옵실까요?"

돌담에 쭈그리고 앉은 이천리가 벌떡 일어났다.

"곧장 집으로 가지 않고 그럼 어디로 간단 말이냐."

"의당 그렇습지요."

말에 올라 뚜벅뚜벅 천천히 집으로 향하던 류성룡은 저잣거리
에 희미하게 불을 밝힌 초롱불을 보자 문득 멈추었다. 글자 '酒'가
선명하게 빛났다.

"여기서 잠깐 목을 축이고 있을 테니 너는 아계鵝溪 대감을 이곳
으로 모셔 오너라."

"대감님, 비가 내리니 갑자기 약주가 생각나셨나요?"

"나불거리지 말고 어서 가거라."

류성룡이 처마 아래로 들어서자 비는 멈추고 낙숫물이 한 방울
씩 떨어졌다. 술 한 잔을 비우자 저쪽에서 이산해가 걸어오는 모습

이 보였다. 두 사람이 마주 앉아 술잔을 비우기 시작했다. 서너 순이 돌았을 때 류성룡이 무겁게 입을 열었다.

"아무래도 고향에 내려가 좀 쉬어야겠어요. 부족한 내가 도성에 너무 오래 있지 않았나 싶습니다. 고향 안동으로 내려가 글도 읽고 후학들도 가르치고……."

"……."

다음 날, 아침 일찍부터 살림살이 챙길 일에 골몰하는 류성룡의 집으로 사령使令이 다급히 왔다.

"대감, 서둘러 입궐하시라는 명입니다."

서탁에서 책들을 꺼내 한 권 한 권 어루만지던 류성룡은 귀향의 꿈이 사라질지도 모른다는 불길한 예감이 들었다.

편전에 앉은 선조는 복잡한 얼굴이었다. 한참이나 뜸을 들이다가 류성룡과 이산해에게 은근하게 말했다.

"고민이 깊었소……. 왜국에 사신을 보내기로 했소……."

두 신하가 너무 놀라 미처 대답을 하기도 전에 선조는 목소리에 힘을 주었다.

"허나! 사신을 보낸다 하여 정식으로 국교를 맺는 것은 아니오! 나라의 혼란을 대비하고 백성의 안돈을 위해! 그리고 저 야만의 나라를 정탐하기 위한 방책임을 결코 잊어서는 안 될 것이오."

그 어명이 전해지자 안도의 한숨을 내쉰 신하가 여럿이었으나 혼비백산한 신하도 여럿이었다. 특히 정철과 성혼은 갈피를 잡을 수 없었다.

"이럴 수 있는가! 통신사를 보내시겠다니? 게다가 사직해야 마땅할 류성룡에게 그 소임을 맡겼다? 허허, 이거야 원. 주상의 마음을 당최 알 수 없구먼!"

송익필이 껄껄 웃었다.

"주상은 우릴 견제하기 위해 류성룡과 이산해를 마지막 보루로 이용하고 있는 걸세."

정철이 고개를 끄덕였다.

"…… 주상이 동인 소인배들에게 휘둘렸던 기억 때문에 우리에게는 휘둘리지 않겠다 해서, 류성룡과 이산해는 남겨두시려는 것이겠지."

"이제야 감을 잡는군. 우선 류성룡과 이산해를 잘라내야 하네."

낮말은 새가 듣고 밤말은 쥐가 듣는 법이었다. 이슥한 밤에 정철과 성혼이 송익필을 배웅하는 모습을 숨어서 지켜보는 눈이 있었다. 천여 명의 사람들이 죄 없이 죽거나 유배를 떠났는데 복수를 꿈꾸는 사람이 어디 한두 명일까?

선조가 이부자리에서 일어나 탕약을 마시고는 사발을 내려놓았다. 어의가 받아 나가자 이봉정이 고개를 조아렸다.

"괜찮으시옵니까?"

"너는 내가 괜찮아 보이느냐?"

"송구하옵니다."

"네놈은 대체 뭐하는 놈이냐? 정철을 살펴보기는 한 것이냐?"

이봉정은 머리를 앞으로 숙여 나지막이 읊조렸다. 임금의 침전이지만 자신이 그랬던 것처럼 누군가 자신의 말을 엿들을 수 있다고 생각했다.

"전하의 밀명을 받잡고 은밀히 정철 대감을 살펴보았더니 그 배후에 모사꾼이 있었사옵니다."

선조는 그럴 줄 알았다는 듯 고개를 끄덕였다.

"그래? 그랬겠지. 그게 누구냐?"

"송익필이옵니다."

"……."

"정여립 역모 사건을 확대하기 위해 조헌과 유생들에게 상소를 사주했으며 무고한 선비들을 누명 씌워 죽였고……."

"……."

"정철은 송익필의 계획에 따라 칼춤을 추었습니다."

"송익필이라! 율곡도 인정한 선비였건만……. 그자를 당장 잡아들여라. 하지만 죽이지는 말라 이르거라."

선조는 송익필의 목을 벨 수는 없다고 생각했다. 그러면 임금의 실책을 인정하는 꼴이 될 것이었다. 또한 득세한 서인들을 견제하기 위해서는 동인의 힘을 다소나마 키워줄 필요가 있었다. 정철이 원하는 것처럼 류성룡과 이산해를 궁에서 내치면 그 후에 서인들의 기세가 기고만장하게 하늘을 찌를 게 분명했다.

'흐흐, 정철과 류성룡이라. 둘의 경쟁이 볼만하겠구나.'

선조가 묘한 웃음을 짓자 이봉정은 눈만 굴릴 뿐이었다.

의정부 빈청賓廳에 모인 대신들은 섣불리 천거를 하지 못했다. 류성룡이 가장 먼저 한 사람을 추천했다.

"사신단의 정사로 성균관 사성司成 김성일金誠一이 적합할 듯하오. 김성일은 학식과 기개가 있으니 소임을 잘 수행할 것입니다."

곧바로 성혼에게서 반박이 날아왔다.

"김성일은 퇴계 선생 문하에서 이판과 동문수학한 사이지요? 이러한 중대한 소임까지 사심이 작용해서야 되겠습니까?"

"사심 같은 거 없소. 오해하지 마시오."

정철이 중재안을 냈다.

"오해가 아니라면 첨지중추부사僉知中樞府事 황윤길黃允吉을 정사로 삼는 게 어떻소? 황윤길 또한 학식이 깊고 안목이 있으니 적합하지 않소?"

이산해가 무슨 말인가를 하려 하자 류성룡은 황급히 정철의 제
안을 받아들였다.

"황윤길을 정사로 하고 김성일을 부사로 하여 사신단을 꾸리겠
습니다."

선조는 만조백관이 도열한 자리에서 황윤길과 김성일에게 교지
를 내리며 각별히 당부했다.

"명심하시오. 이번 일은 어디까지나 정탐이오. 또한 결코 우리
조선의 국격과 기개를 낮추는 행동을 보여서는 안 될 것이오."

"명심하겠습니다, 전하!"

"그리고……."

선조는 대신들을 위엄 있게 둘러보았다.

"이조판서 류성룡을 우의정에 임명하노라."

5.
고양이 목에
누가 방울을 달 것인가

"올해가 경인년庚寅年(1590, 선조 23) 3월 6일이니, 거의 150년 만이지요?"

김성일은 현해탄의 검푸른 파도를 보며 황윤길에게 물었다.

"그렇지요. 세종대왕 즉위하고 24년(1443)에 변효문卞孝文과 윤인보尹仁甫가 간 것이 마지막이었으니 참으로 오래된 일이오."

"150년 동안 왜국이 예를 아는 나라가 되었을까요?"

김성일은 며칠도 지나지 않아 자신의 질문에 대한 답을 스스로 찾았다. 경도京都(교토) 저잣거리는 귀가 떨어져 나갈 정도로 시끄럽고 혼잡스러웠다. 150년 만에 찾아온 진귀한 조선 통신사를 보

기 위해 길거리로 쏟아져 나온 사람들이 인산인해를 이루었다. 350
여 명*이 넘는 조선 통신사가 지나갈 때 대취타 소리가 하늘 높이
울려 퍼졌고, 조선 기수가 든 청도淸道 깃발이 세차게 휘날렸다. 말
을 탄 평의지와 현소, 왜국 무사들이 앞장서서 통신사 일행을 영도
했다. 깃발을 들고 행진하는 기수들 뒤로 선조의 국서가 담긴 가마
가 뒤따랐고, 황윤길, 금관조복金冠朝服을 입은 김성일, 종사관從事官
허성許筬의 가마가 그 뒤로 줄을 이었다. 그리고 사절단을 호위하는
조선 군관, 통역관, 사자관寫字官, 제술관製述官, 마상재馬上才, 전악典樂,
화원畫員, 의원, 소동小童 등이 뒤따라갔다. 넘쳐나는 인파에 황윤길
과 허성은 자못 놀랐지만 김성일은 가마 밖으로 왜인들을 보며 '여
전히 예를 깨치지 못한 나라'라고 생각했다. 문득 고개를 돌리다가
한 왜인과 시선이 마주쳤다. 더욱 꼿꼿이 고개를 세우는 그의 눈에
생전 처음 보는 서양인이 들어왔다.

'우리가 안에서만 자족하고 있을 때 왜국은 세계를 받아들이고
있구나.'

씁쓸하면서도 깊은 우려가 들었다. 그러나 요란하게 울리는 태
평소, 북, 징 소리에 그 우려는 금세 사라졌다.

---

* 당시 사절단의 정확한 인원은 파악이 어렵지만 임진왜란이 끝난 후인 1607년(선조
40)에 파견된 통신사가 467명(일부 문헌은 504명)이었던 것으로 미루어 최소 350명
이상으로 추정했다.

"이곳은 조선 사신들을 맞는 대덕사大德寺입니다. 먼 길 무사히 오신 것을 감축드립니다."

"그게 중요한 게 아니라 이곳까지 오는 데만 3개월이 걸렸소. 또한 관백이 일본의 왕이 아니라면서요?"

준엄하게 꾸짖는 김성일 앞에서 평의지는 변명을 늘어놓았다.

"풍신수길은 관백이온데 일본에서 모든 실권은 관백에게 있습니다. 그러니 관백의 명령은 곧 왕의 명령이고, 왕이나 관백이나 매한가지입니다."

"어찌 됐든 왕이 아니지 않소. 지금껏 우리를 속여왔구먼!"

옆에 있던 현소가 평의지를 두둔했다.

"조선과 일본이 150년이 넘도록 교류가 없어 생긴 오해입니다. 관백 전하는 일본의 최고 통치자입니다. 사화동과 해적들의 쇄환도 관백 전하의 결정으로 이루어진 일입니다. 일단 관백 전하를 만나보시지요."

"국서는 일본 왕에게 보내는 것인데 왕이 아닌 관백을 만나 국서를 전하라니!"

여태 입을 다물고 있던 황윤길이 아무러면 어떠냐는 듯 말했다.

"왕이나 다름없다 하니 일단 만나봅시다."

김성일은 어이가 없었지만 왜인들 앞에서 논란을 벌이고 싶지 않아 입을 꾹 다물었다.

황윤길과 김성일만 의견이 엇갈리는 것은 아니었다. 소식을 기다리는 조정 대신들도 중요한 문제 하나로 의견이 갈라졌다.

"중전마마께는 송구한 얘기이지만······. 스무 해 가까이 소식이 없다면, 이제는 힘들다고 봐야지요."

윤두수가 조심스레 말을 꺼내자 정철은 당황했다.

"지금의 왕자들 중에서 세자를 세워야 하는데, 너무 이른 건 아닐까요?"

"이르다니요? 주상께서는 보령 열여섯에 궁에 들어와 내성외왕 內聖外王이 되기 위한 교육을 받기 시작했습니다. 그때 얼마나 어려움이 많았습니까. 그러니 지금 왕자들의 나이를 생각하면 늦어도 한참 늦었지요. 좌상께서는 왕자들 중에 누가 세자 그릇이라 여기십니까?"

"글쎄요. 임해군臨海君은 적자는 아니지만 장자이니, 서열로 따지자면 임해군일 테고······. 온화한 품성으로 따지자면 광해군이 나을 듯하고······. 신성군信城君 또한 영특하니······. 누구든 잘 가르치면 성군이 되지 않겠습니까."

"아니지요. 어디 가르친다고 다 성군이 되겠습니까. 성품이나 자질로 보나 광해군이 왕재입니다."

선조가 아직 정정할뿐더러 왜구의 노략질만 아니라면 태평성대라 할 수 있는 시절에 세자 문제를 거론하는 일은 정철의 말처럼 너무 이른 것이 사실이었다. 그러나 한편으로 만사를 빈틈없이 해야 하는 것도 사실이었다. 정철은 말이 나온 김에 매듭을 지으리라 결심했고 때맞춰 좋은 기회가 찾아왔다. 선조가 갑자기 우의정 류성룡을 이조판서에 재임명한 것이었다. 하명이 내려지자 류성룡과 정철은 깜짝 놀랐다. 단지 이산해만 슬며시 미소를 지을 뿐이었다. 선조는 떠보듯 말을 이었다.

"뭘 그리 놀라오? 우상 자리에서 물러나라는 것도 아니고 이조판서를 겸직하라는데."

류성룡는 몸 둘 바를 몰랐다.

"신의 소임이 과분하옵니다. 부디 명을 거두어주시옵소서."

이산해의 작품이라 생각한 정철은 왕의 의도를 따르는 것이 순리라 여겼다.

"현명하신 결정이옵니다. 인사의 공정함에 있어 우상만 한 분을 보지 못했으니 이조의 소임을 잘해낼 것이옵니다."

선조는 동인 류성룡에게 막중한 권한을 주었음에도 서인 정철이 아무런 반대를 하지 않자 몹시 흡족해 인자한 미소를 지었다.

"이리 화합하니 얼마나 보기 좋소. 또한 이덕형을 이조참의^{吏曹參議}에 임명할까 하오. 비록 한음^{漢陰}(이덕형)이 영의정(이산해)의 사위이기는 해도 사심이 없으니 인사를 공정하게 처리할 것으로 믿고 있소."

이번에도 정철은 아무런 반대를 하지 않았다. 마음속으로 '이렇게 되면 동인이 병조와 이조의 인사권을 장악하겠구나. 동인과 서인을 견제하게 하며 왕권을 강화하기 위한 왕의 용인술이겠지'라고 생각했으나 결코 내색하지 않았다.

딩가, 딩딩.

거문고 타는 소리가 기생집 방을 넘어 마루에까지 들렸다. 술상에 둘러앉은 류성룡과 이산해, 정철과 윤두수는 하나같이 즐거운 표정이었다. 그들 옆에 옷을 곱게 차려입은 기녀들이 앉아 술을 따랐다. 술 한 잔을 벌컥 들이켜고는 정철이 호탕하게 웃었다.

"하핫! 팔은 안으로 굽는다고, 내 혹시나 우상께서 인사를 편향되게 하실까 걱정이었는데 모두 이 사람의 기우였습니다. 공명정대하게 일을 처리할 것으로 믿습니다."

"당연하지요. 좌상께서 믿어주어 고맙습니다."

이산해는 당연한 이야기는 집어치우고 오늘 만나자는 이유부터 듣고 싶었다.

"헌데, 긴히 할 얘기란 것이 무엇이오?"

"으흠."

정철이 갑자기 엄숙하게 기침을 하자 기녀들이 우르르 밖으로 몰려나갔다.

"이번 기회에 국본을 세웠으면 합니다."

눈치 빠른 이산해가 대뜸 반대를 하고 나섰다.

"건저建儲를 주청하는 일이 역린을 건드리는 일임을 모르진 않으실 텐데요. 과거에 세자를 세우자 간했다가 부제학副提學이 좌천당한 일도 있소이다."

류성룡은 건저 자체는 반대하지 않지만 누구를 세자로 세울 것인지 깊이 고민할 문제라 여겼다.

"좌상께서는 세 분 왕자 중에 누굴 염두에 두고 계십니까?"

"누구를 염두에 두었다 한들, 내 마음대로 되는 일입니까? 주상께서 결정하실 일이지요."

윤두수가 끼어들었다.

"우리 두 사람은 광해군이 낫다 여깁니다. 어떠십니까?"

"학식과 품성 면에서 제일 낫지요."

이산해는 심히 불안한 기색이었다.

"그렇긴 합니다만, 주상 전하의 마음이 어디에 계실지……."

"그거야 차차 따져볼 일이고……. 우선은 우리 네 사람이 곧 주상 전하께 건저를 주청드리도록 합시다."

"그리하지요."

류성룡과 이산해는 쾌히 고개를 끄덕였다.

그들과 헤어진 이산해는 절호의 기회가 왔음을 직감했다. 시종을 데리고 집을 향해 천천히 가다가 갑자기 김공량金公諒의 집으로 몸을 돌렸다. 몇 시간 후 그믐달이 뜰 무렵 김공량은 '까딱 잘못하면 내 여동생이 죽을 수도 있겠구나'라는 조바심이 일어 아무도 모르게 집을 빠져나와 궁궐로 달음박질쳤다.

그날 밤, 선조가 침전에서 서책을 읽고 있을 때 후궁 인빈仁嬪 김씨가 슬며시 들어왔다.

"이 야심한 시각에 어인 일이오?"

김씨는 갑자기 주저앉으며 오열했다.

선조는 깜짝 놀라 책을 덮고는 김씨의 손을 잡았다.

"대체 무슨 일이오?"

"전하, 정녕 신첩과 신성군은 죽는 것이옵니까?"

"그게 대체 무슨 소리요?"

"좌상 대감이 광해군을 세자로 세우자 주청드릴 거라 하옵니다. 신첩도 전하의 성심이 광해군에게 가 있는 걸 아오니 차라리 지금 당장 신첩과 신성군을 궐 밖으로 내쳐주시옵소서."

선조는 기가 막혔다.

"아니오. 과인이 아직 이리 정정한데, 건저를 말할 정철이 아닙니다. 내 말 믿으세요. 그리고 세자에 대한 내 뜻은 결코 광해에 있지 않아요. 신성이 더 자랄 때까지 기다려볼 것이니 심려 마세요."

선조는 김씨를 달래느라 땀을 흘리면서 한편으로 벌써 건저 문제를 논하는 정철이 괘씸하기 짝이 없었다.

선조는 정철이 어떻게 나오는지 두고 보려고 벼르고 있었다. 그런데 제 발 저린 정철이 먼저 운을 띄웠다.

"전하, 이제는 국본을 정하실 때가 아닌가 사료되옵니다. 숙원이셨던 종계변무도 마무리하셨고……."

옳다구나 싶어 선조가 대뜸 고함을 내질렀다.

"과인이 지금 버젓이 살아 있는데 경은 무엇을 하고자 함인가! 아니면 과인이 지금 지병으로 몸져누워 있기라도 한 것인가?"

정철은 왕이 이토록 화를 내는 이유를 알 수 없었다. 선조는 분통을 가라앉히며 류성룡에게 하문했다.

"우상도 같은 생각인가?"

"신은 처음 듣는 이야기이옵니다."

정철은 경악했다. 선조가 대뜸 화를 내는 건 분명 넷이 비밀리에 나눈 이야기가 누군가의 입을 통해 왕의 귀에 들어갔다는 뜻이었다. 그런데 진짜 경악스러운 일은 분명 그 자리에서 '그리하지요'라고 대답했던 류성룡이 '처음 듣는 이야기'라고 발뺌하는 것이었다. 선조는 류성룡을 향해 너그러운 미소를 지었다.

"알겠소. 좌상, 내 종묘사직을 근심하는 좌상의 충심을 가슴에

새기겠소. 그만들 나가보시오."

정철은 건저 문제가 자신의 목을 죄어온다는 암울한 느낌이 들어 창백한 얼굴로 물러났다. 그리고 열 걸음을 채 걷기도 전에 류성룡을 매섭게 쏘아보았다.

"어디들 두고 봅시다!"

윤두수는 자신이 시작한 일이 서인 전체에 화가 미칠 수 있음을 직감하고 어떻게 해서든 뜻을 관철하려 했다.

"전하, 그리 노여워하실 일이 아니옵니다. 이 모든 것이 전하와 종묘사직을 위하는 일이 아니옵니까. 나라 안팎이 시끄러운 이때, 국본을 세워 사직을 굳건히 한다면 이보다 든든한 일이 어덨으며…… 전하 곁에서 전하의 치세를 본보기 삼아 세자를 가르친다면, 국가의 백년대계가 자연히 세워질 것 아닙니까."

선조는 또 한 번 화를 눌러야 했다. 왕위에 오른 지 23년, 나이는 서른아홉살에 불과했다. 앞으로 살날이 족히 30년은 될 것인데 벌써 후계자를 세우라는 주청은 받아들이기 어려웠다. 분노를 누르며 감았다 뜨는 그의 눈에 총애하는 후궁 김씨의 눈물이 어른거렸다. 그러나 그 눈물을 이유로 내세울 수는 없었다.

"세자를 책봉했다가 향후에 적통의 대군이라도 태어난다면 그땐 어쩝니까. 그리되면 문제가 복잡해지지 않겠습니까. 과인은 지금 왕자들이 모두 마음에 들지 않아요! 임해는 성품이 포악스러운 면이 있고, 광해는 구렁이 같은 속을 짐작할 길이 없고, 신성은 아직 어려 철이 없으니…… 딱히 세자로 세울 자식이 없단 말입니다! 그러니 다시는 내 앞에서 건저를 논하지 마시오!"

속이 타들어가기는, 그 이유는 다를지라도 정철이나 윤두수, 선조도 모두 마찬가지였다. 조정에서 이런 사달이 일어나고 있는 사실을 까마득히 모르는 사절단도 속이 타들어갔다.

"오다와라성小田原城의 호죠 우지나오北條氏直가 반기를 들어서……."

현소의 변명에 김성일은 버럭 소리를 질렀다.

"손님을 청해놓고 집을 비우다니! 대명천지에 어디 이런 법도가 있단 말이오! 반란이 일어난 것은 당신네 사정 아니오? 지금 관백이란 자가 그곳에 있단 말이오?"

"무신들을 이끌고 직접 정벌에 나섰습니다. 돌아오는 대로 만나 뵐 수 있도록 조치할 것이니 조금만 기다려주십시오."

"대체 언제까지 기다려야 한단 말이오? 반란을 하루 이틀 만에 진압할 수 있기나 하오?"

옆에 앉은 황윤길은 느긋하기만 했다.

"부사, 진정하시오. 따진다고 될 상황이 아닌 듯합니다. 일단 좀 기다려봅시다."

그럴 동안 풍신수길은 희희낙락이었다. 오다와라성 군영 여기저기에 화톳불이 피워져 있었다. 웅장한 군막 안에서 풍신수길은 거만하게 앉아 있었다. 저 멀리서 얼굴과 갑옷에 피가 얼룩진 가등청정이 말을 타고 군사들과 함께 들어왔다. 오른손에는 창이, 왼손에는 적장의 머리가 들려 있었다. 왜졸들이 그를 향해 환호성을 내질렀다. 그 소리에 풍신수길은 우희다수가와 함께 천천히 밖으로 나왔다. 말에서 내린 가등청정이 무릎을 꿇었다.

"관백 전하, 야마나카성山中城을 함락했습니다. 이것은 적장의 수급이옵니다."

"고생했다, 가토! 이제 저놈들의 본거지인 오다와라성만 남았구나."

그때 말 달리는 소리가 요란하게 들리면서 소서행장이 병졸들을 이끌고 군영 안으로 달려왔다. 허겁지겁 말에서 내린 소서행장은 무릎을 꿇으며 전황을 보고했다.

"관백 전하, 오다와라성 주변의 진지를 모두 없애고, 해상 또한 모두 봉쇄했습니다."

"가토보다 늦기는 했어도……. 네 무훈은 인정한다. 모두 들어오너라. 오다와라성을 함락할 작전이 무엇인지 들어볼 테니."

탁자 위에 펼쳐진 오다와라성 지도를 보며 풍신수길은 소서행장이 "석 달"이라고 말하자 갑자기 하핫, 웃었다.

"석 달? 까짓것 소풍 온 셈 치고 기다리지 뭐……. 놈들이 먹을 게 부족하면 우리 군량미를 나눠주도록 해. 병졸들이야 무슨 죄가 있겠어. 대신 석 달 안에 호죠 놈과 그 가신들은 내 앞에서 할복하라고 해! 그렇지 않으면 성안에 숨 쉬는 건 아무것도 남지 않게 될 것이야!"

모두 표정이 굳어질 때 전령이 들어와 소서행장에게 서찰을 건넸다.

"교토에 조선 사신들이 입조入朝해 관백 전하를 조속히 만나 뵙기를 청한다 합니다."

"결국 이렇게 항복해 올 것을 오래도 끌었군. 기다리라고 해."

소서행장은 난감했다. 그는 방금 풍신수길에게 '입조'라고 말했다. 입조는 상국上國의 조정에 찾아가 왕을 알현하는 것을 의미했다. 조선은 그런 이유로 온 것이 아니었다. 왜국의 요청에 못 이겨 작은 시혜라도 베풀고, 해적의 노략질을 엄히 다스릴 것을 강력히 요청하고, 더불어 관백의 사람됨을 살피고, 현재 정세가 어떤지 알아보러 온 것이었다. 사절단을 초빙하기 위해 소서행장은 조선 조정을 속였고, 또 풍신수길도 속였다. 풍신수길은 조선의 왕이 항복했다고 생각하고 있었다. 천연덕스러우면서도 다급하게 밖으로 나온 소서행장은 자신의 군막으로 들어가 황급히 붓을 쥐었다.

조선 사신들이 항복 사절로 속아서 왔다는 사실을 눈치채지 못하도록 최대한 시일을 끌어라.

서찰을 엄히 봉하고는 전령에게 건넸다.

"소 요시토시에게 전해라."

소서행장은 말에 올라 쏜살같이 군영을 빠져나가는 전령의 뒷모습을 우두망찰 보았다.

'설마 저 녀석이 서찰을 빼돌리지는 않겠지?'

상황이 상황인지라 의구심이 들 수밖에 없었다.

이런 사정을 까마득히 모르는 김성일은 대덕사 사신단 처소 안에서 한숨만 내쉴 뿐이었다. 음미하며 마셔야 할 차를 벌컥 들이켤 때 황윤길과 평의지가 들어왔다. 황윤길이 자못 흥분해서 떠들어댔다.

"평 도주가 우리의 음악을 청하는데, 우리가 데려온 장악원掌樂院 악사들을 보내주는 게 어떻소?"

김성일의 눈썹이 파르르 떨리자 평의지가 간곡히 청했다.

"이번에 통신사가 입경하는 모습을 보고 교토가 떠들썩합니다. 오늘 밤 관백 전하의 가신 중에 한 분이 연회를 여는데 악사들을 초청해 조선의 아름다운 음악을 일본인에게 들려주고 싶습니다."

"지금 제정신이오? 아직 왕명을 전하지도 못했는데, 어찌 감히 대국의 음악을 사사로이 쓰고자 한단 말이오!"

황윤길은 당황했다.

"김 부사, 음악을 청하는 것에 어찌 왕명을 운운하는가."

"왕명을 받든 사신은 왕명을 전하기 전에는 시집가지 않은 처녀와도 같은 법입니다. 시집도 가지 않은 처녀가 기생처럼 노래를 팔아서야 되겠습니까!"

문예가 뛰어난 조선의 음악을 듣고 싶어 했던 풍신수길의 가신들은 기분이 몹시 상했다. 그런 까닭에 오다와라성을 정복하고 경도로 귀경한 풍신수길이 가신들에게 엄청난 상급을 내리고, 병졸들이 매일 술과 음식에 취해 세월 가는 것마저 잊을 때까지 조선 통신사에 대해 보고하지 않았다. 풍신수길 또한 서둘러 사절단을 만나는 것은 위신이 상하는 문제라 생각했다. 항복하러 온 조선 사신들이 하염없이 기다리는 게 당연한 것 아니겠는가? 그러나 애가 탄 소서행장의 주청으로 드디어 풍신수길이 취락제聚樂第 황금 다실로 조선 사절단을 불렀다.

국서를 든 황윤길과 김성일, 허성이 휘황찬란한 황금 다실로 들어갔을 때 풍신수길은 사모紗帽와 흑포黑布 차림으로 높은 보료 위에 무릎을 세우고 거만하게 앉아 그들을 맞았다. 그 옆으로 가등청정과 소서행장 등 무시무시한 눈매의 가신들이 늘어앉았다. 세 사람은 나란히 서서 가볍게 목례를 하고 곧장 국서를 펼쳐 들었다. 긴장한 역관이 평의지와 현소 옆에 서서 안절부절못했다. 황윤길은 국서를 펼쳐 읽기 시작했다.

조선 국왕 이연(李昖)은 국서를 일본 국왕에게 전하니, 명성이 높은 그대가 일본의 60여 주를 통일하였다고 하니, 통신사를 보내 교린하고 친목하여 관계를 두텁게 하고자 한다.

평의지가 역관에게 눈치를 보내자 역관은 떨리는 목소리로 풍신수길에게 읊조렸다.

조선 국왕 이연은 일본을 통일한 관백 전하의 위엄을 높이 받들어 통신사를 통해 국서를 보내오니, 부디 조선을 아우의 나라로 여기시고, 관백전하의 지혜와 용맹으로 우리 조선을 이끌어주시옵소서.

풍신수길의 얼굴에 미소가 번졌다. 황윤길은 그 미소의 의미가 도대체 무엇일까를 생각하면서 국서를 전했다. 풍신수길의 너그러운 목소리가 들려왔다.

"지금이라도 이렇게 투항하였으니 내 용서해주겠다. 만약 이번에도 오지 않았다면 그 대가를 톡톡히 치렀을 것이야."

역관이 그 말을 이렇게 전해주었다.

"먼 길 오느라 참으로 고생이 많으셨습니다. 우리 일본 또한 조선과 친목하고 교린하길 간절히 원해왔습니다."

황윤길은 물러나면서 다리가 후들후들 떨렸다. 대덕사로 돌아오자마자 허성에게 지시했다.

"빨리 짐을 꾸리라고 하게."

김성일은 불쾌감이 가시지 않았다.

"참으로 예의라고는 눈곱만큼도 찾아볼 수 없는 족속들입니다."

"지금 예의 운운할 때가 아닙니다. 풍신수길과 그 장수들의 눈빛 봤소? 정말이지 간담이 서늘했어요. 이놈들 분명 우리 조선을 침략하고도 남을 놈들입니다."

"속지 마세요! 군선 따위도 얼마 없으니 핑계를 대는 것이고, 힘으로 위세를 떨면서 허풍을 치는 겁니다. 정말 침략할 마음이 있는 놈이라면, 그 저의를 철저히 숨기는 것이 이치에 맞는 거 아닙니까? 칼춤만 출 줄 아는 근본 없고 무지한 놈들입니다!"

6.
황윤길 대 김성일,
누구의 말이 진실인가

그날 밤으로 경도를 떠난 통신사 일행은 힘든 노정을 거쳐 대판 계빈항堺濱港의 조선 통신사 숙소에 도착했다. 파도가 철썩이는 다다미방에 앉아 김성일은 황윤길에게 불만을 터트렸다.

"대체 무엇이 겁난다고 도성을 벗어나 이곳까지 온 겝니까! 그러니 당연히 풍신수길의 답서도 이리 늦는 것 아닙니까!"

황윤길은 지지 않았다.

"군사를 일으키려는 자들이 사신을 인질로 삼는 예가 수많은 고사에 있소. 포악하고 방약무인한 풍신수길이라면 얼마든지 우릴 인질로 잡을 수 있단 말이오."

"인질로 잡으려면 이곳이라고 무사하답니까? 벌써 열흘이 지났습니다. 호랑이 입에서 빠져나온 것만을 다행으로 여기고, 정작 받아야 할 답서는 받지 못하고 빈손으로 나왔으니, 이것이 어찌 사신의 체통이라 할 수 있단 말입니까!"

"평의지가 이쪽으로 답서를 가져온다 하지 않았소. 조금 더 기다려봅시다."

답서가 늦는 데는 까닭이 있었다. 경도 황금 다실에 모인 풍신수길과 가신들은 '위대한 풍신수길'이 관백에 오른 이후 처음으로 조선에 보낼 답서를 어떻게 꾸며야 할지를 놓고 갑론을박을 벌였다. 난상토론 끝에 작성된 답서를 우희다수가가 낭랑한 목소리로 읽어 내려갔다.

대개 인생이 백 년을 채우지 못하는 법인데, 일본 국왕인 내가 어찌 답답하게 여기 일본에만 오래 머물러 있겠습니까. 나라가 멀고 산하가 가로막혀 있을지라도 명나라로 들어가 우리의 풍속을 중국 사백 주에 전하고, 황제의 조정에서 억만년토록 정치를 행하기를 바라고 있습니다. 다행히 귀국이 먼저 앞장서서 입조하였으니 참으로 앞일을 깊이 헤아린 처사로서 앞으로 근심이 없습니다.

"좋아, 아주 좋아!"
풍신수길이 고개를 끄덕이자 가등청정이 좋은 묘안을 냈다.

"관백 전하의 웅대했던 태몽을 국서 앞에 넣으신다면, 조선은 더더욱 관백 전하를 우러러볼 것입니다. 오만도코로大政所 님께서 관백 전하를 잉태하셨을 때, 해가 품속으로 들어오는 꿈을 꾸셨다 하지 않았습니까? 그리고 관상쟁이가 천지 팔방에 인풍을 드날리고 사해에 위명을 떨치실 것이라 하질 않았습니까!"

"좋아, 내 태몽도 넣도록 해!"

답서를 받아든 황윤길과 김성일, 허성은 기가 찰 노릇이었다. 김성일이 불같이 화를 냈다.

"조선 국왕 합하閤下께? 아니 어찌 이리 방자할 수가 있단 말인가! 합하는 정1품 벼슬을 일컫는 것인데, 우리 주상께 합하라니! 그리고 명나라로 뛰어 들어가겠다? 명나라를 침략하기라도 하겠다는 뜻인가!"

여태껏 왜국의 눈치만 보던 황윤길 역시 이 답서는 도저히 받아들일 수 없었다.

"이보시오! 평 도주! 지금 우릴 죽이려고 작정한 것이오?"

"모두 고치시오! 무례한 용어도. 그리고 그 낯간지러운 태몽 이야기도 빼고 말이오! 그렇지 않으면 우리가 여기서 죽을지언정, 이따위 국서는 절대 가져갈 수 없소!"

평의지와 현소는 죽을 낯빛으로 서로 바라볼 뿐이었다. 관백에게 답서를 새로 작성해달라고 요청하는 일은 '제 목을 베어주십시오'라고 요청하는 것과 진배없었다. 방법은 위조뿐이었고 그것을 해낼 사람은 소서행장이 유일했다.

며칠 후 당도한 답서는 처음과 별반 달라진 게 없었다. 김성일은 얼굴을 찌푸리고 더 이상 요구하는 것은 쇠귀에 경 읽기와 똑같다고 생각했다.

"왜 이건 고치지 않았소? 우리 조선이 일본에 입조했다는 문구 말이오!"

현소가 하소연했다.

"그런 뜻이 결코 아니라 하지 않았습니까. 조선이 일본에 입조를 하라는 것이 아니고, 일본이 명나라에 입조한다는 뜻입니다."

평의지가 거들었다.

"언제까지 이런 문구 하나에 매여 계실 겁니까? 그나마 이 국서도 관백 전하가 어렵게 허락하여 고친 겁니다. 더 이상 고쳐달라 요구했다간 크게 역정을 내실 겁니다. 관백 전하의 성품이 괴팍하신 건 두 분도 보시질 않았습니까? 위해가 닥칠까 걱정입니다."

'위해'라는 말에 황윤길이 김성일을 달랬다.

"김 부사, 해석을 달리하는데 굳이 고칠 필요가 있겠소. 이제 그만하고 돌아갈 차비를 합시다."

부산포에 도착하자 파발마가 미리 당도해 있었다. 황윤길이 건

네주는 답서를 품에 안고 파발은 한성을 향해 냅다 달리기 시작했다. 그 뒷모습을 보며 김성일은 한숨을 내쉬었다. 왜국이 준 선물을 모두 거절하고 온 사실은 굳이 일러 말할 일도 아니었다.

"꼭 10개월 만에 돌아왔는데, 마음이 무겁기 그지없습니다."

마음이 무겁기는 궁궐의 선조와 대신들도 마찬가지였다. 무거움을 떠나 분통이 터졌다.

내가 명나라로 들어가는 날, 사졸을 거느리고 군영에 나온다면 더욱 이웃으로서 맹약이 굳게 될 것입니다. 조선 국왕 전하, 부디 몸을 보중하고 아끼십시오.

이항복이 답서 읽기를 마치자 선조는 어이가 없었다.

"정녕 이것이 풍신수길의 국서란 말인가? 어찌들 생각하오?"

정철이 가장 먼저 입을 열었다.

"방자하다 못해 이런 천인공노할 국서는 처음 들어봅니다. 게다가 명나라로 뛰어 들어가고 싶다니! 혹시 이 말은 명나라를 공격하겠다는 뜻 아닙니까?"

이산해는 그 반대였다.

"일개 섬나라가 대국을 친다니요! 상상할 수 없는 일입니다. 명나라로 뛰어 들어가고 싶다는 것은 끊긴 조공 무역을 위해 명에 입조하고 싶다는 말입니다. 그걸 도와달라는 뜻이겠지요."

이덕형은 이산해 편이었다.

"우리나라와 마찬가지로 명나라 또한 골치 아픈 왜구들로 인해 해금령海禁令을 내리고 교역을 못 하게 한 지 오랩니다. 이로 인해 굶주린 왜국이 무역을 재개하고자 함이 아닐까 사료되옵니다."

냉철함에 있어서는 류성룡을 따를 자가 없었다.

"이 장계만으론 해석이 분분할 수밖에 없습니다. 풍신수길을 만나본 황윤길과 김성일의 이야기를 들어보고 판단해야 할 듯싶습니다. 그들이 올라올 때까지 기다려보시지요."

부산포를 출발한 통신사 일행이 한성으로 오면서 목격한 여러 모습은 조정 대신으로서 이해할 수 없는 것이었다. 말을 타고 가는 통신사 뒤로 수십 명의 백성들이 시나브로 따라붙었다. 백성들은 하나같이 수레에 하찮은 세간까지 몽땅 실었다. 김성일은 이천리를 시켜 노인 한 명을 불러 세워 물었다.

"무슨 일로 이 짐들을 지고 우리 뒤를 따라오는 겁니까?"

"보면 모르오? 피난 가는 것이오. 소문도 못 들었소? 곧 왜놈들이 쳐들어올 거라는 소문이 파다한데 말이오."

황윤길이 머물던 고을 수령들에게 염려되어 한 말이 눈덩이처럼 커져 왜적이 쳐들어온다는 소문이 삽시간에 퍼진 것이었다. 해적 일당이 김해金海 죽도竹島를 침범한 일은 그 소문에 불쏘시개 역할을 했다.

장계가 한성으로 올라오자 비변사에 모인 대신들은 근심이 이만저만 아니었다. 먼저 정철이 입을 열었다.

"변방의 일이 심상치 않아요. 김해 죽도에서는 관군들이 왜구들을 물리쳤는데…… 그 왜구들이 해안가 수심을 측량하고 있었다 합니다."

신립이 걱정 한 가지를 더 보탰다.

"그뿐이 아닙니다. 북방에서 밀무역을 하던 조선인들이 노이합적努爾哈赤(누르하치)에게 사살됐다는 부령富寧 부사 원균元均의 장계가 있었습니다."

이일이 원균을 타박했다.

"이런 죽일 놈들이 있나! 원균은 도대체 뭘 하고 있었단 말입니까?"

윤근수가 그런 이일을 타박했다.

"관이 몰래 밀무역하는 자들까지 어찌 보호합니까? 노이합적이란 자가 여진족을 통합해 힘을 키운다고는 들었습니다만."

류성룡은 걱정만 늘어놓을 게 아니라 대비가 더 중요하다고 강조했다.

"북쪽도 남쪽도 어느 곳 하나 편한 곳이 없으니, 방비를 점검하고 또 튼튼히 해야 할 것입니다."

많은 사람들이 가장 궁금해하는 문제를 성혼이 꺼냈다.

"대체 통신사는 언제 도성에 도착하는 겁니까?"

"경기도에 들었다니 곧 도착할 것입니다."

여태 조용히 있던 이항복이 선조의 명을 하달했다.

"전하께서 비변사와 각 대신들에게 재능 있는 장수들을 추천하라는 명을 내리셨습니다."

류성룡의 눈이 반짝 빛났다. 이제야 선조가 제대로 된 하명을 했다고 생각했다. 오랫동안 마음속에 품어왔던 진정한 인재를 세상으로 끌어낼 때였다.

그러나 공정한 이덕형조차 반대였다.

"대감, 이순신을 꼭 천거하셔야겠습니까? 반대가 심할 것입니다. 이순신이 무인으로서 재주가 있는 것은 인정하나, 평범한 집안에 대감 외엔 연줄도 없고, 또 파직과 백의종군을 당한 전력이 있는 인물입니다. 그보다 훨씬 나은 인물들이 널려 있습니다. 대감께서 오해를 사실까 걱정되어 드리는 말씀입니다. 이순신은 적이 많습니다."

"왜 꼭 이순신이 아니어야 하는가? 자네가 말한 대로 재주는 있으나 평범한 집안에다 연줄이 없어서? 게다가 뇌물은 주지도 받지도 못하는 고지식한 성품이라서 적도 많다? 이보게……. 난 그래서 이순신이어야만 한다고 생각하네……. 내가 잠깐 오해를 받는다 하더라도, 변방이 튼튼해진다면 나라에 이로운 일 아니겠는가."

이순신에 대해 이산해, 정철, 윤두수, 윤근수, 성혼, 신립, 이덕형, 이항복 등 문무백관들은 의견이 확연히 갈렸다. 이산해와 이덕형을 빼고 다른 사람들이 일제히 류성룡을 공격하자 선조는 골치가 아팠다. 류성룡의 말이라면 일단 반대부터 하고 보는 정철이 포문을 열었다.

"아니 될 말입니다. 종6품 정읍井邑 현감縣監에게 정3품 수군절도사를 맡기다니요. 수군절도사는 관할 내의 지방 수령까지도 지휘 가능한 자리입니다. 종6품이었던 자가 그 자리를 감당할 수 있겠습니까?"

류성룡이 반박했다.

"충분히 감당할 수 있을 것이옵니다. 함경도 조산造山 만호萬戶와 녹둔도鹿屯島 둔전관屯田官을 겸했던 자입니다. 더욱이 이순신은 10년 전 전라좌수영에 있을 때 수군 직책을 맡았던 적도 있어 왜구를 바다에서 막을 수 있는 적임잡니다."

"필요한 인재라면 그렇지요. 허나 조산에서 여진족의 공격을 받아 장교 두 명과 군사 10여 명이 죽음을 당했습니다. 그 일로 이순신은 결국 백의종군했지요. 그런 자가 어찌 인재라 할 수 있단 말이오!"

선조가 언성을 높였다.

"그만들 하시오! 장수 하나 쓰는 데도 이리 의견이 나뉘니 장차이 나라의 방비를 어찌하려고 이러는 게요! 우선 이견이 없는 호조정랑戶曹正郎 권율權慄은 북방을 지키게 하고, 송상현宋象賢은 동래부사東萊府使로 보내시오. 그리고 이순신은 대신들이 중지를 모아 다시 얘기하시오!"

대신들이 뜻을 모으기도 전에 이순신을 천거한 류성룡에게 올가미가 걸렸다. 대사헌 윤두수는 첩보를 받고는 망연자실했다. 하지만 첩보가 올라온 이상 미루거나 무시할 수 없었다.

"감찰 군관들을 보내 우의정 류성룡의 가택을 수색하라."

군관들은 이게 어인 일인가 싶으면서도 우의정의 집을 뒤지면 무언가 부끄러운 것 하나 정도는 나올 거라 생각했다. 그러나 기대가 어긋나고 말았다. 두 식경쯤 지나 윤두수가 들어서자 난처한 얼굴로 감찰 군관이 다가왔다.

"…… 깨끗합니다."

"깨끗하다니? 값나가는 물건 하나쯤 있을 거 아닌가."

"저도 믿기지 않습니다. 말단 군관을 털어도 비단 한 필 정도는 나오는 법인데……."

그때 안쪽에서 군사 한 명이 서찰과 보자기로 싼 물건을 들고 뛰어나왔다.

"이순신의 어머니가 보낸 언문 서찰입니다."

순신의 형들인 희신羲臣과 요신堯臣이 일찍 죽고, 의지할 데가 없어 외로워하던 순신과 저희 가족을 혈육처럼 대해주신 그 은혜는 죽어서도 잊지 못할 것입니다. 제 아들 순신의 강직한 성품이야 어미인 제가 누구보다 잘 알지만, 남들이 저처럼만 순신을 보았겠습니까. 융통성이 없어 매번 변방에서 고생하던 끝에 이제야 정읍 현감이 되어 저와 조카들을 부르니, 이 늙은이 두 손자 손을 잡고 정읍으로 내려갑니다. 대감의 은혜에 보답할 길이 없어 순신의 누비저고리를 만들 때 대감의 것을 함께 지어 올립니다. 너무도 염치없고 누추하오니 마음에 들지 않으시면 하인들에게 주시기 바랍니다. 항상 평안하시길 이 늙은이가 기원드립니다.

보자기를 펼치자 누빈 무명 저고리가 나왔다. 며칠 전 이일의 말이 떠올랐다.

"이순신은 유능하고 청렴한 장수입니다……. 단, 고집이 지나쳐 상관의 명을 거역하는 경우가 몇 번 있었습니다. 훈련원訓鍊院 봉사奉事 시절, 병조정랑兵曹正郎의 서녀를 첩으로 맞으라는 청을 거절했고, 전라좌수영에서 근무할 때는 좌수사가 군영 안에 있는 오동나무로 거문고를 만들려고 하자 관물이라며 거절하여 미움을 받았고…….”

윤두수는 하늘을 보며 한숨을 내쉬고는 눈을 지그시 감았다가 떴다.

류성룡의 가택을 수색한 소식은 곧바로 선조의 귀에 들어갔다.

“뭐라? 가택 수사라 했느냐?”

이봉정이 머리를 조아렸다.

“이순신으로부터 뇌물을 받았다는 첩보가 있었다 하옵니다.”

“뇌물 때문이 아니라 세자 책봉에 동의하지 않아서겠지……. 그들을 그냥 놔뒀다간 과인까지 감찰하려 들겠구나. 세 대신을 당장 들라 하라.”

선조는 우선 류성룡을 칭찬했다.

“대사헌이 우상의 가택을 수사한 일은 참으로 잘한 일이오. 감찰에 있어 성역이 있어서는 안 되지 않소? 게다가 우상의 청렴함을 확인하게 되었으니 모든 관리들에게 본보기가 되질 않겠소.”

“본보기라니요. 당연한 처신을 했을 뿐이옵니다.”

"과인은 참으로 감동했어요. 누구이 말하지만 우상과 같은 사람이 과인의 곁에 있어 얼마나 든든한지 모릅니다. 참으로 고맙소."

"성은이 망극하옵나이다."

선조는 갑자기 낯빛을 바꿔 상소 하나를 탁, 서안 위에 올렸다.

"좌상이 주색을 탐하여 나라를 어지럽히고 전횡을 일삼는다는 상소요. 응당 성역 없이 좌상도 감찰 조사를 받아야 하지 않겠소?"

올 것이 왔구나 싶어 정철은 바짝 엎드렸다.

"전하, 차라리 신을 죽여주시옵소서! 감찰이 겁이 나서가 아니옵니다. 우상의 일은 이순신에 대한 파격적인 승진에 의심을 품을 만한 것이었지만, 신이 사사로이 술을 좋아한다 하여 주색을 탐한다 음해하고, 관리들과 정을 나누었다 하여 인사에 전횡을 일삼은 것이라 함은 죽음보다 받아들이기 힘든 모욕이옵니다."

선조는 그런 정철을 경계했다.

"아무리 의지가 굳건해도 자리가 자리인지라……. 아랫것들이 찾아오면 어찌 다 물리칠 것이오? 아예 사람들이 청탁하러 올 일이 없는 한직으로 당분간 가 계시는 게 어떻소? 도승지는 들으라."

한쪽에 떨어져 있던 이항복이 고개를 조아렸다.

"정철을 영돈녕부사領敦寧府事에……, 류성룡을 좌의정에 임명한다. 그리고…… 류성룡의 청렴함을 증명한 윤두수를 호조판서에 임명하는 교지를 내리라."

정철은 창백하게 굳었다. 말이 좋아 영돈녕부사일 뿐 왕실 종친을 돌보는 한직이자 명예직에 불과했다. 정철은 건저 문제가 결국 덫이 되었음을 깨달았지만 돌이킬 수 없었다. 윤두수가 무릎을 꿇은 채 앞으로 나와 주청했다.

"전하, 이순신을 전라좌수사全羅左水使로 임명하심이 좋을 듯싶습니다."

도성으로 들어온 황윤길과 김성일은 각자의 생각에 골몰했다. 어떻게 보고해야 나라를 지키고 백성들을 안심시킬 수 있을 것인가. 우려하는 점은 똑같았으나 서로 속내를 말하지는 않았다. 엄숙한 얼굴로 선조가 근정전 용상에 앉자 모든 문무백관들이 허리를 숙였다. 이산해, 류성룡, 윤두수, 윤근수, 성혼, 신립, 이일, 이덕형, 이항복, 정철 등이 통신사의 입이 열리기만을 고대했다. 정사 황윤길이 드디어 앞으로 나섰다.

"풍신수길이란 자는 눈빛에 광채가 깃든 것이 담략과 지략을 갖춘 듯 보였습니다. 더욱이 전국을 통일한 직후라 자신감과 야심으로 가득 차 금방이라도 조선으로 쳐들어올 듯하였사옵니다. 신은 필시 병화의 징조가 올 것이라 느꼈사옵니다."

대신들이 놀란 눈으로 황윤길을 빤히 바라보자 김성일이 뒤를 이었다.

"그렇지 않사옵니다! 왜군이 쉬이 올 것 같지 않사옵고, 온다 해도 걱정할 것이 못 되옵니다. 게다가 쥐와 같은 풍신수길의 눈에 광채라니요? 풍신수길의 행동거지는 과장되고 허세에 가득 차 있었사옵니다."

황윤길이 펄쩍 뛰었다.

"결코 허세가 아니었습니다!"

김성일도 지지 않았다.

"정사는 저들의 허풍에 겁을 먹은 것입니다. 진정 군사를 일으킬 저의가 있다면 은밀히 움직이는 법. 우리와 지위를 대등하게 하기 위한 왜국의 허세에 불과합니다! 우리 사신 일행이 석 달 만에 왜국의 도성에 도착했으나 풍신수길은 지방의 반란을 정벌한다는 핑계로 무려 석 달 보름을 기다리게 했사옵니다. 그리고 도성으로 돌아오고 나서도 한참을 기다리게 한 연후에 접견을 하였는데, 접견할 때조차 우릴 겁박하는 등 눈을 뜨고 볼 수 없을 정도로 참담한 행동을 일삼았습니다. 비단 풍신수길뿐만 아니라 그의 신하들과 왜국 전체가 야만적이고 무례하기 그지없었으며, 모든 일에 명분과 신의 따위는 찾아볼 수 없었고, 오로지 자신의 위세와 허명을 과시하기 바빴습니다. 우물 안 개구리처럼 무지하고 야만적인 섬나라를 겨우 통일한 자가 우리 조선까지 무시하며 명나라로 뛰어 들어가겠다는 국서를 보냈으니⋯⋯ 이것이 허세가 아니면 무엇이겠습니까?"

"전하, 풍신수길과 그 신하들이 분명 야만적이고 무례했던 것은 사실이오나 그들의 야심 또한 분명히 느껴졌사옵니다. 부디 대비를 하심이 옳을 듯하옵니다."

"정사 황윤길의 지나친 근심이 이미 백성들에게 알려져 하삼도의 여러 백성들은 벌써 고향을 뜨고 있습니다. 일어나지도 않을 일을 근심하여 민심이 이리 술렁인다면, 장차 왜구의 배 한 척에도 온 나라가 혼란에 빠질까 우려되옵니다."

"왜구는 배 한 척이 아닐 것이옵니다. 못해도 수만의 대군을 준비해두었을 것이옵니다."

선조는 벌린 입을 다물지 못했다.

"허허, 이거야 원……. 도대체 두 사람의 눈이 어찌 이리 다르단 말인가!"

7.
위대한 이름을
남기는 것이 인생이다

대신들은 누구의 말을 믿어야 할지 판단을 내릴 수 없었다.

"서장관 허성의 이야기를 들어보고 결정합시다."

비변사에 모인 류성룡, 이산해, 정철, 윤두수, 이덕형, 이항복, 성혼, 신립, 이일 앞에서 허성은 자신의 견해를 밝혔다.

"정사와 부사께서 객사에 머무는 동안 저는 왜국 사정을 살피기 위해 몰래 왜인처럼 변복하고 여러 곳을 돌아다녔습니다. 물론 저들이 감추는 것이 많아 속속들이 볼 수는 없었지만, 그동안 알지 못했던 왜국의 새로운 면을 보았습지요. 가장 인상적인 것은 서양에서 온 남만인南蠻人들과 그들의 문물이었습니다. 왜국의 시장에는 포도아葡萄牙(포르투갈)와 서반아西班牙(스페인)라는 나라에서 온 상인들이 흥정을 하고, 포도로 담근 술과 단고蛋糕(카스텔라)라는 것을 먹고, 향수를 뿌려주기도 했는데 얄궂은 냄새가 이만저만 아니었습니다. 포도아 상인은 조총 쏘는 법을 알려주고 왜인들은 그것을 따라 하느라 정신이 없었지요. 조총도 그들이 전해준 문물 중 하나라 들었습니다……. 그 문물들은 너무도 생소한 것들이었습니다. 게다가 남만인의 배는 괴물처럼 거대했는데, 만일 그러한 배를 만드는 방법까지 왜인들에게 가르쳐주었다면 왜국은 우리 조선을 위협할 만한 큰 전선을 만들 수도 있을 것입니다. 전 왜변이 일어날 수도 있다 여겨집니다."

선조는 김성일의 말을 믿고 싶었다. 왜적은 쳐들어올 수도 없고, 쳐들어와서도 안 되며, 쳐들어오지도 않을 것이라 믿었다. 그러나 민심이 술렁이는 것은 다독여야 했다. 이 막중한 일을 처리할 사람은 류성룡밖에 없었다.

"소문 때문에 민심이 술렁이고 백성들이 피난을 가고 있다니, 좌상이 직접 가서 상황을 살피고, 고을 수령들에게 민심을 다독이고 안정시키라 전하시오."

"속히 다녀오도록 하겠습니다."

다음 날 류성룡은 이천일과 신명철을 데리고 말에 올라 남쪽으로 향했다. 하삼도의 중간쯤에 내려오자 벌써 삼삼오오 보따리를 이고 소달구지를 끌고 피난 가는 행렬과 마주쳤다. 씁쓸하게 그들을 보내고 경상도 어느 주막에 들어섰다. 평상에 앉아 뜨거운 국밥을 한 수저 뜨려 할 때 피난민 가족이 우르르 들어왔다. 류성룡은 수저를 멈추고 물었다.

"왜변이 난다는 소문 때문에 피난을 가는 것이오?"

"왜구 놈들이 쳐들어오면 죽거나 포로로 끌려가지 않습니까? 그러니 피해야지요."

"마을 사람들이 많이 떠났소?"

"절반은 떠났지요."

"아직 소문뿐인데, 꼭 왜변이 난다 장담할 수 없잖소? 또 아무리 왜구들이 쳐들어온다 해도 우리 관군이 물리칠 텐데, 그리 생계 터전을 떠나버리면 어찌 먹고 살려고 그러오?"

콧방귀가 날아왔다.

"관군이 왜구들을 막아요? 차라리 마을 개가 왜구들을 막겠습니다! 먹고 살기도 힘든 백성들은 평생 짊어지는 그놈의 군역 때문에 강제로 잡혀 있다시피 하고, 군사들의 봉족奉足 노릇을 하는 백성들은 죄다 도망가는 판국에 누가 왜구들을 막는다 말이오? 나랏일을 한다는 조정 대신들은 동네 왈짜들처럼 동인이다, 서인이다, 패거리 지어 쌈질이나 하고, 임금이라는 위인은 백성들이 피죽이나

먹는지 마는지, 왜 고향을 떠나는지 관심도 없으니, 참으로 성군이
시지!"

경상감사 김수金睟는 걱정이 태산이었다.

"저희도 최선을 다해 민심을 진정시키려 애쓰고 있지만, 이미
불붙은 소문을 걷잡을 수 없습니다. 관군들 눈을 피해 야반도주를
하니, 이러다간 전답을 가지고 있는 양반과 그에 딸린 노비들 말고
는 텅 빈 마을이 속출할 것입니다."

"남해안을 방비하는 성은 어떻소?"

"오래되고 허물어진 곳이 많아 보수와 축성이 시급합니다. 하
지만 아시다시피 부역할 백성들이 없으니 어찌하지도 못하고 있는
실정입니다. 무엇보다 백성들이 관군과 조정을 믿지 못하는 것이
가장 큰 문젭니다!"

그 문제를 바다 건너 풍신수길은 잘 알고 있었다. 후원 정자에
서 술을 마시는 그 옆에 소서행장, 가등청정, 우희다수가가 앉아 있
었다.

"겉으로는 말하지 못하지만, 많은 영주들이 속으로 나를 향해
미친놈이라 욕한다는 걸 안다. 어렵사리 전국을 통일해 이제 전쟁
이 없어지나 했는데, 또 조선과 명나라를 친다고 하니……. 당연히
제정신이 아니라 하겠지. 헌데, 내가 왜 또 전쟁을 벌이려고 하는지

아느냐?"

소서행장은 주군의 입맛에 맞게 대답했다.

"아무래도 전쟁으로 단련된 영주들과 군사들의 욕망을 억누르는 데 한계가 있지 않겠습니까? 그들의 욕망을 분출하기에는 대륙 정벌이 가장 좋은 방법이지요."

우희다수가가 덧붙였다.

"게다가 명나라는 은이 많이 나고 조선은 쌀이 많이 나는 곳입니다. 명나라의 은과 조선의 쌀을 확보할 수 있다면 모든 나라와의 무역 주도권을 쥘 수 있습니다. 그러면 우리 일본 백성은 어느 나라 백성보다 풍요로워질 것입니다."

가등청정이 힘차게 내뱉었다.

"전 이유 같은 건 모르고 단지 주군을 따를 뿐입니다!"

풍신수길은 그 대답이 가장 마음에 드는 듯 씨익 웃었다.

"단순한 놈. 모두가 일리 있다만…… 내가 대륙을 정벌하려고 하는 건…… 인생이 허망해서 그래. 내가 언제부터 대륙 정벌을 꿈꾸었는지 아느냐? 내가 모시던 오다 노부나가織田信長님이 피살당했다는 소식을 듣고 나서부터였지. 전국 통일을 눈앞에 두고 있었는데…… 참으로 허망했어. 인생이 허망한 게 아니라 물거품이 된 꿈이 말이야. 어차피 한 번뿐인 인생인데……. 그때 떠오른 게 누구였는지 아느냐? 테무친…… 칭기즈칸이라는 자가 떠올랐지. 몽골의 작은 부족에서 태어나 대륙의 모든 나라를 정벌하고 지배한 제왕, 칭기즈칸 말이다. 사람은 허망하게 죽지만 위대한 이름은 남는 것이 인생이야. 나는 말이야, 우리 일본의 역사가 아니라 대륙의 역사에 이름을 남기고 싶다. 이제 내 나이가 쉰여섯이다……. 죽기 전에 이루어야 하지 않겠느냐!"

가등청정이 또 한 번 힘차게 소리쳤다.

"관백 전하! 꼭 그 대업을 이루실 것이옵니다."

"하핫! 그런데 출병할 전초기지는 어느 곳이 좋겠느냐?"

"여러 후보지 중에서 큐슈九州의 히젠노쿠니肥前國 마쓰우라군松浦郡이 가장 적합합니다."

"그곳에 성을 짓는다. 성 이름은 나고야名護屋*이다. 전국의 영주들에게 전하라! 1년 안에 오사카성에 버금가는 성을 쌓을 수 있도록 모든 군사와 백성을 동원하라!"

왜국의 심상치 않은 움직임이 이윽고 명나라에 전해졌다. 병부상서兵部尚書 석성石星은 대뜸 화부터 냈다.

"뭐라? 조선이 왜놈들과 한통속이 되어 우리 명을 치려 한다?"

---

* 나고야성(名護屋城)은 사가현(佐賀縣)에 있으며, 현재 아이치현(愛知縣)에 있는 나고야성(名古屋城)하고 다르다.

서찰을 와락 움켜쥐더니 앞에 엎드린 복건성福建省 상인 주균왕朱均旺을 금방이라도 내려칠 듯 노려보았다.

"조선은 우리 명나라의 제후국이다! 그럴 리가 없다!"

주균왕이 일리 있는 이유를 늘어놓았다.

"허면, 조선이 어찌해 왜국에 통신사를 보냈다는 중대한 일을 우리 조정에 알리지 않았겠습니까? 풍신수길은 조선 국왕에게 명나라로 갈 테니 군영으로 마중 나와달라는 국서를 보냈다 합니다. 이 모든 건 평생을 왜국에 묶여 살고 있는 허의후許儀後 대인께서 이놈만을 겨우 탈출시키며 아뢰게 한 것이니 부디 의심치 마시고 속히 대책을 세우시기 바랍니다."

골똘히 생각하다가 석성은 벌떡 일어나 부리나케 황제의 침소로 향했다. 환한 대낮인데도 만력제萬曆帝는 흐트러진 몰골로 첩들에게 둘러싸여 촉직促織(사마귀 싸움) 도박을 벌이느라 정신이 없었다. 발아래에는 상자 가득 은자가 쌓여 있었다. 석성은 한숨이 절로 나왔다. 불과 몇 년 전만 해도 일조편법─條鞭法을 비롯해 내정 개혁을 추진하여 '만력중흥萬曆中興'을 이루었으나 독하기로 소문난 명재상 장거정張居正이 죽은 후 만력제가 총명을 잃고 만 것이다. 스물아홉 살 만력제가 13대 황제로서 어쩌면 명나라의 운명을 끝낼 수도 있다는 불길한 예감이 들었다. 거대한 몸집의 만력제는 제 몸뚱이 하나 마음대로 움직이지 못했다.

"황상 폐하."

만력제는 그제야 석성을 돌아보았다.

"오! 병부상서 왔소? 상서도 이리 와 짐을 좀 응원하시오. 내 오늘 끝장을 봐야겠소."

"조선이 왜나라 놈들과 짜고 우리 명나라를 치려 한다는 보고가 들어왔사옵니다."

"조선이…… 왜놈들과? 오라고 하시오. 그놈들이 오면 이 사마귀들을 보내 모조리 목을 물어뜯으라고 할 테니!"

8.
정명향도가 아닌
가도입명

"지금의 제승방략制勝方略 체제로는 1, 2만의 대군을 사나흘이나 막아내기란 매우 어렵습니다. 전하, 국방 체계를 다시 생각해보아야 합니다."

류성룡의 말에 이일은 반대했다.

"제승방략은 각 고을의 수령이 소속된 병졸들을 이끌고 본진을 떠나 배정된 방어지역으로 가는 것입니다. 그 방법이 문제가 있다 하여도 국방 체계라는 것은 하루아침에 바꿀 수 있는 일이 아닙니다. 아무리 효율적인 체계라 해도 바꾸는 과정에서 왜변이 일어난다면 그야말로 자충수가 되고 맙니다."

"우선 경군을 경기도가 아닌 충청도에 두면 어떻겠습니까? 그리하면 경군이 남해안으로 가는 시일이 훨씬 단축되지 않겠소?"

그 제안에는 신립과 이일도 찬동했다.

"하삼도는 우리 조선의 곡창지대입니다. 이곳이 비면 조선 백성은 왜변에 앞서 굶주림에 죽어나갈 것입니다. 게다가 왜변을 방비할 축성조차 할 수 없게 됩니다."

고개를 끄덕이던 이산해가 불쑥 다른 의견을 내밀었다.

"서인들의 입이 문제예요. 그 겁 많은 사람들이 오지도 않을 왜변을 기정사실화하고 있지 않습니까! 왜변은 일어나지도 않고, 일어나서도 안 됩니다!"

류성룡은 답답했다.

"만에 하나라는 것이 있질 않습니까?"

이산해는 더 답답했다.

"서인 소인배들이 왜 왜변이 일어나길 바라는 줄 압니까? 자꾸 나라가 어지러워지고 나라의 기틀이 흔들려야 세자를 세우자는 주장이 먹혀들 것 아니겠습니까? 그래야 저들 세력이 세자를 등에 업고 살아날 것이고요!"

"그건 벼룩 잡자고 초가삼간을 태우는 일임을 저들이라고 모르겠습니까?"

대신들의 갈라진 의견은 선조 앞에서도 불꽃이 튈 지경이었다.

왜변이 일어나지 않을 것이라고 믿는 이산해가 강경하게 주청했다.

"왜변이 날 거라는 유언비어를 퍼뜨려 민심을 혼란케 하는 자들을 엄벌에 처하도록 명하시옵소서."

윤두수가 펄쩍 뛰었다.

"유언비어라니요! 왜변이 나면 목이 백 개라도 그 책임을 질 수 없다는 것을 모르십니까!"

"소문뿐인 왜변 때문에 하삼도가 텅텅 비고, 조선 팔도가 굶어 죽는 자로 가득 차면, 왜변보다 더 참담한 지경이 된다는 건 어찌 모르시오!"

류성룡이 중재에 나섰다.

"군관과 고을 수령들이 백성들과 함께 무너진 성을 보수하고 새로이 축성한다면 왜변에 대한 방비 또한 자연스레 되는 것입니다."

선조는 늘어선 신하들을 죽 훑어보았다. 끝없이 토론을 벌이는 저들이 지긋지긋했다. '쳐들어온다'는 황윤길, '쳐들어오지 않는다'는 김성일, '국방 체제를 바꾸자'는 류성룡, '세자를 세워야 한다'는 정철……. 선조는 버럭 소리를 질렀다.

"왜변은 일어나지도 않고, 일어나서도 안 될 것이오!"

침입론을 주장하는 서인 대신들이 일제히 경악했다.

"아무리 왜가 오만방자하고 협박을 했다손 치더라도, 일어나지도 않은 왜변 때문에 팔도의 민심이 이반되고 국론이 분열되어, 마치 전쟁터를 방불케 하는 참담함이 눈앞에 벌어져서야 되겠는가!
도승지는 들으라! 전국의 수령 방백에게 명을 내려 지금부터 왜변
이 날 것이라는 유언비어를 퍼뜨리는 자들을 엄히 다스리고 관의
허락 없이 고을을 떠난 백성들은 강제 귀향 조치토록 하라! 또한
방방곡곡 방을 붙이라! 변경 지역의 성을 축성하고 보수하며, 군사
를 늘려 경계토록 할 것이며, 만에 하나 왜선이 단 한 척이라도 침
입했을 때에는…… 과거 세종대왕 시절 우리가 대마도를 정벌했던
것처럼, 과인이 직접 대군을 이끌고 왜의 본토를 정벌할 것이라고!
그러니 모든 백성은 과인을 믿고 고향에서 생계에 종사하도록 하
라!"

류성룡은 오랫만에 내려진 올바른 하명에 흡족했다. 특히나 '군
사를 늘려 경계토록 할 것이며'가 가장 마음에 들었다. 며칠 지나지
않아 군기시 훈련장은 바빠지기 시작했다. 기마 군사들이 말을 달
리며 창검술과 궁술 훈련을 하느라 여념이 없었다. 그 모습을 지켜
보니 선조는 두려움이 사라지는 듯했다. 그때를 틈타 류성룡은 또
다른 건의를 올렸다.

"백성들의 군역과 부역을 과하게 하면 그 또한 큰 부담이니 깊
이 살피시고, 군역을 기피하는 양반들의 실태를 명확히 파악하시어
엄벌에 처해야만 진실로 민심을 얻을 수 있사옵니다."

"알겠소. 모든 걸 좌상에게 일임할 테니 병조와 함께 상의해서

제도를 마련하고 과인에게 고하시오."

류성룡이 몸을 돌려 고개를 끄덕이자 군관 하나가 탁자를 들고 와 선조 앞에 대령했다. 군진軍陣이 표시된 조선 지도를 펼쳐놓고 류성룡은 설명을 시작했다.

"지금의 국방 체제인 제승방략을 이번 기회에 진관 체제로 개편하시는 것이 좋을 듯싶사옵니다. 제승방략은 정해왜변 시에도 드러났다시피 경군이 올 때까지 지방군이 기다려야 하는 큰 단점이 있습니다. 외침이 있을 때는 무엇보다 신속한 대응이 중요한데 지금의 제승방략 체제로는 한계가 있사옵니다."

이산해가 거들었다.

"그렇사옵니다. 진관 체제로 개편하여 각 주요 고을을 거점으로 진을 형성한다면 신속하게 대응할 수 있는 것은 물론 한 고을이 무너진다 해도 다음 고을의 진으로 이동하고 합류해 대응할 수 있습니다."

신립은 반은 찬성이고 반은 반대였다.

"일장일단이 있습니다. 진관 체제는 지방군이 강력하다고 전제할 때 장점을 발휘할 수 있습니다. 또 지방군을 강력하게 육성하면 경군은 그만큼 허약해질 수도 있지요. 10년 전, 여진족 이탕개尼湯介가 1만 군사를 이끌고 북방을 유린했을 때, 신이 이끌고 간 경군이 강력했기 때문에 여진족을 퇴치할 수 있었습니다. 제승방략 체제가 허술하다고만은 할 수 없사옵니다."

선조가 고개를 흘깃 돌려 열심히 훈련하는 기마군들을 보았다. 이때다 싶어 신립이 자랑스레 소리쳤다.

"이탕개의 1만 대군을 박살낸 게 저 기마군 아니옵니까? 왜놈들 1만이든, 2만이든 나타나라고만 하십시오. 신이 기마군을 이끌고 달려가 무참히 짓밟아줄 것입니다!"

그 기백이 소서행장의 귀에 들릴 리는 없었다. 소서행장을 풍신수길의 가짜 인장이 찍힌 서찰을 보고는 얼굴이 환해졌다. 무진 애를 쓴 끝에 '명나라를 정벌할 테니 길을 안내하라'는 정명향도征明嚮導를 '명으로 들어갈 테니 길을 빌려달라'는 가도입명假途入明으로 바꾼 가짜 국서를 만들어낼 수 있었다. 서찰을 봉투에 넣고 단단히 봉한 다음 현소에게 건넸다.

"지금 즉시 쓰시마로 건너가 평의지와 함께 조선으로 떠나게."

동평관 객실에서 류성룡은 가슴이 답답해졌다. 마주 앉은 평의지와 현소는 자신들을 믿어달라는 표정이었고, 김성일은 붉으락푸르락했다.

"가도입명이라? 명나라로 들어갈 테니 길을 빌려달라? 지난번 국서에는 마치 군사를 끌고 오기라도 할 것처럼 굴더니, 이제 다시

119

이런 국서를 보내다니……. 이해가 되질 않는구먼. 왜? 그대들의 관백은 우리가 방비를 철저히 한다는 소식을 듣고 위협적으로 나와서는 안 되겠다 하던가?”

현소가 손을 내저었다.

“지난번 국서에 오해가 많을 듯싶어 관백 전하께서 다시 보낸 것입니다. 우리 관백께서 군사를 일으킬 듯하신 것은 명나라가 조공을 받아주지 않아 부끄럽고 분한 마음이 일었기 때문입니다. 일본에서 명으로 가는 뱃길은 멀고도 험합니다. 부디 답서를 주시어 ‘일본 사신단이 명나라로 가는 육로를 빌려주겠다’라고 하시면, 양국은 평화로울 수 있을 것입니다.”

김성일은 벌컥 화를 냈다.

“만일 길을 빌려주지 않는다면?”

“과거 고려가 원나라 병사를 인도하여 일본을 쳤습니다. 관백 전하께서는 그때의 원한을 갚고자 군사를 일으킬 수 있습니다.”

선조는 류성룡이 바치는 풍신수길의 국서를 읽지도 않았다.

“지나가는 길을 빌려달라? 풍신수길, 이자가 오만방자하다 못해 이제는 과인을 조롱하고 있는 것 아닌가! 이따위 국서, 과인은 보지 않겠소.”

국서를 봉투째 들어 촛불에 태워버렸다. 불타는 국서를 보며 선조는 단호히 말했다.

"변고를 일으키는 순간, 왜놈들도 이리되고 말 것이오!"

9.
사색당쟁의 시대

팔도 곳곳에서 매일 올라오는 수많은 장계들을 읽느라 류성룡은 눈이 침침해지고 머리가 혼미해질 지경이었다. 그러나 내용은 한결같이 기쁜 것들이었다.

"하삼도를 떠났던 백성들이 다시 돌아오고 민심이 안정되었다 하는 장계들이 많으니, 모두가 전하의 홍복이시옵니다."

선조는 류성룡의 보고를 듣고 기쁨을 감추지 못했다.

"참으로 다행한 일이오. 도적이 큰소리를 친다고 아비된 자가 겁을 먹으면 되겠습니까? 겁에 질린 아이들을 달래고 대비를 하는 것과 그 이치가 다르지 않아요."

"왜변에 대한 민심은 안정되었사오나 백성들의 다른 불만들이 터져 나오고 있어 심히 걱정이옵니다. 군역과 부역 때문이옵니다. 백성들은 지금이 한창 농사를 준비해야 할 때이온데, 군역과 노역에 동원되어 매우 어려운 처지에 있사옵니다. 장정들은 일 년에 6개월 안팎의 군역을 평생 안고 살아야 합니다. 보인保人들 또한 자기 식솔뿐 아니라 군역을 간 이웃 식솔의 생계까지 책임져야 하는 터라 그 고통이 결코 군역보다 힘들지 않다 할 수 없사옵니다. 게다가 관료 외에 당연히 군역을 지어야 할 양반들은 각종 대납代納과 방군수포放軍收布로 군역을 지지 않으니 그 위화감이 커 양민들의 불만이 극에 이르렀사옵니다."

"어찌하면 되겠소?"

"전체적인 군역 기간을 줄여야 하옵니다. 그리고 농민과 어민, 상업에 종사하는 백성 등 모든 백성들의 생계 흐름을 파악하여 각기 생계에 가장 부담이 없는 기간에 군역을 지게 하여야 하옵니다. 대납과 방군수포로 들어온 면포는 국가의 재정으로 쓰는 것보다 실제로 한 푼도 받지 못하는 군역자들에게 나누어주는 것이 좋을 듯싶사옵니다. 지난번 하삼도를 떠나려던 양민들 중에는 왜변을 핑계 삼아 혹독한 군역을 피하기 위해 떠나려는 자들도 많았사옵니다. 부디 백성들의 무겁고 혹독한 짐을 덜어주시옵소서."

"수고스럽지만 한 번 더 하삼도를 순시하고……, 그리하도록 하시오."

류성룡이 하삼도 일대를 순시하며 민정의 참모습을 살펴보니 장계와 다른 내용이 많았다. 백성들은 군역을 피해 달아나고, 관인들은 백성들에게서 뇌물을 받느라 정신이 없었다. 지위 고하를 막론하고 곤장을 쳤지만, 조선 팔도 곳곳을 다니며 그렇게 해결할 수는 없었다. 산성을 보수하고 새로 쌓느라 땀을 흘리는 군사들과 백성들도 있었으나 그 숫자는 크게 부족했다.

"저 인원으로 성 보수가 올해 안에 마무리될 수 있겠소?"

경상감사 김수는 한숨만 내쉬었다.

"저도 걱정입니다. 전하의 단호한 의지를 듣고 고향으로 돌아온 백성들이 다시 야반도주를 합니다. 남은 자들이 두세 배의 노역까지 떠안으니 너무 지치고 당연히 성의 보수도 시일이 더 걸릴 수밖에요. 군역을 피해 도주한 자들을 감영으로 잡아 왔는데, 심지어 그 자들이 군사들을 베고 군기고를 탈취하기까지 했습니다!"

그 시각에도 정철은 다른 일을 꾸미느라 여념이 없었다. 형조 옥사 안에 추레하게 앉아 있는 송익필은 그 모양새와 달리 기개만은 여전했다. 콧방귀를 한 번 뀌더니 말을 거침없이 뱉어냈다.

"백성 좋아하시네. 자네의 주군은 지금 전시효과를 노리고 있는 걸세. 겉으로는 백성들에게 왜변 대비를 잘하고 있다 안심시키는 척하지만 결국은 아무 실속이 없을 것이야! 왜냐 하면 진심으로 백성을 위함이 아니라 일시적인 민심 안정을 자신의 치적으로 자랑하고 싶어 하는 것이니까! 그래서 자네의 주군에게는 왜변이 일어나지도 않고 일어나서도 안 되는 일이지. 백성을 위해서가 아니라 자신을 위해서."

정철은 그 말이 맞다 싶으면서도 반대 의견을 말했다.

"어찌 됐든 대비는 해야 하는 게 아닌가?"

"진정한 대비를 하려면 변경만이 아니라 조정과 왕실을 위한 대비 또한 해야 할 것 아닌가! 황윤길의 보고가 사실이라면, 대비책 중에 빠져서는 안 되는 게 국본을 세우는 일일세."

"이미 역린을 건드렸네. 다시 주청을 드렸다간 내 목이 온전치 못할 것이네."

"통문通文을 돌리게! 자네를 따르는 조정 대신들은 물론, 지방의 수령 방백과 유생들까지 모두 뜻을 모아 연명으로 주상을 압박하란 말일세. 이미 건드린 역린, 한 번 더 건드린다 해서 죽기밖에 더하겠는가! 올바른 명분으로 죽으면 그 또한 선비다운 마지막이지 않은가 말이야!"

곧 수많은 이름이 쓰인 연명 상소가 선조 앞에 대령되었다.

작금에 왜적이 우리 조선을 노골적으로 위협하고, 이에 백성들이 두려움에 떨고 있사옵니다. 예로부터 국가가 위태로우면 가장 먼저 국본을 세

위 불안한 민심을 달래고 종묘사직의 안위를 살폈나이다. 세자를 세워 왜적에 대비하고 사직의 안위를 보호하시옵소서.

선조는 실소를 금치 못했다.

"과인이 이미 왜변 따위는 없다 했거늘……. 저들은 틀림없이 왜변이 날 것이고, 내게 변고가 생길 수도 있으니…… 미리 세자를 세워두란 말 아닌가. 왜변이 나면 과인이 왜놈의 본토를 직접 정벌하겠다 하지 않았느냔 말이다! 또한 분명 세자 문제는 때가 되면 거론한다 했거늘……. 과인이 천년만년 왕 노릇을 할 것 같아 그리 못마땅한가!"

상소를 집어던지고 선조는 어명을 내렸다.

군관들이 정철의 집을 향해 우르르 몰려갔다. 진두지휘하러 가는 윤두수를 류성룡이 붙잡았다.

"대체 무슨 일이오?"

"정철 대감이 주색을 탐하고 전횡을 휘두른다는 상소가 있어 수사가 끝날 때까지 가택에 연금하러 가는 길입니다. 주상 전하의 어명이십니다!"

어명을 받들기는 해도 윤두수는 분통이 터져 성혼에게 한바탕 쏟아부었다.

"주색이나 전횡 때문이 아닙니다! 괘씸죄예요! 건저를 청했다는 괘씸죄 말입니다! 그것도 두 번씩이나 주청을 했으니."

성혼은 묵묵부답이었다.

선조는 정철에게 분노가 치밀기는 해도 문예가 깊은 대신을 엄벌에 처할 마음까지는 없었다. 그런데 뜻밖에도 이산해가 강경하게 나왔다.

"사약을 내리시옵소서."

선조는 당황했다.

"사약을 내리라? 사헌부에서 올린 정철의 인사 전횡의 죄는 전최殿最에서 하하등下下等을 받은 인물 몇몇을 자신과의 친분 때문에 승진시킨 죄인데, 사약을 내리라니…… 너무 과한 처벌 아닌가?"

"인사 전횡으로는 과한 처벌임을 신이 어찌 모르겠습니까? 허나 정철의 죄는 단순한 인사 전횡이라 할 수 없습니다. 건저를 청한 상소에 연명한 자들은 모두 서인이라 일컬어지는 정철의 당여들이었습니다. 이는 곧 그토록 붕당을 지어 권력을 탐하지 말라는 전하의 명을 어긴 것이니 정철을 인사 전횡이 아닌 붕당을 형성한 죄로 다스려야 마땅하옵니다."

하지만 류성룡은 절대 반대였다.

"정철의 인사 전횡은 벌하심이 마땅하오나 소수에 불과하니 붕당이라 단정할 수 없사옵니다. 붕당이 큰 죄임은 분명합니다. 허나 건저를 주청하고 상소에 연명한 것이 죄가 될 수는 없지 않사옵니까?"

선조는 건저를 주청한 것이 죄가 아니라는 말에 애써 침착하려 했다.

"건저를 논하거나 상소에 연명한 것을 어찌 죄라 할 수 있겠소. 문제는 영상의 말처럼 붕당을 지었다는 것이 문제지요. 내 다시 한 번 연명한 자들을 살피라 하여 정녕 붕당인지 아닌지 확인한 연후에 정철의 처벌을 논하겠소."

그러나 신묘년辛卯年(1591) 6월, 정철은 함경도 명천明川으로 유배를 떠났다. 정철과 당색을 같이 한 호조판서 윤두수, 병조판서 황정욱, 도승지 이항복, 황해도 관찰사 이산보를 필두로 서인 중신의 대다수가 파직되어 세력이 몰락하고 말았다. 또한 정철의 죽음을 주장한 이산해를 따르는 정인홍과 이발은 북인北人이 되었고, 유배만으로 충분하다고 한 류성룡을 따르는 김성일과 우성전은 남인南人이 되었다. 류성룡의 집이 남산 인근에 있었기에 남인이라 불렸고, 이산해 일파는 자연스레 북인이라 불리어 200년 뒤인 경신년庚申年(1800)에 정조正祖가 승하할 때까지 권력 다툼을 멈추지 않았다.

정철이 물러났다 하여 조정이 조용해지는 일은 결코 없었다.

"명에 주청사奏請使를 보내어 왜와 사신이 오간 사정을 먼저 고하시옵소서. 명나라가 비록 황실과 조정 모두 부패하기는 했으나 아직도 무역의 중심인 나라입니다. 소식이 안 들어갈 리 없습니다. 사람도 그렇고, 나라의 관계도 때라는 것이 중요합니다. 전하, 어서 주청사를 보내 우리의 사정을 해명하도록 하시옵소서."

"경상도 제포, 안골포, 웅천 등에 주상 전하와 조정을 비난하는 벽서壁書가 나붙고, 일부 군사들과 노역자들이 야밤에 안골포의 관아 군기 창고를 불태우고 도주했다는 장계가 올라왔사옵니다!"

다급한 장계 앞에서 한때 동인의 쌍두마차였던 이산해와 류성룡은 북인과 남인으로 갈라져 대립이 치열했다. 이산해가 류성룡을 몰아붙였다.

"벽서와 탈영이라니! 허면, 그다음은 뭡니까? 민란입니다! 왜변이 나지도 않는 상황에서 방비를 지나치게 하고 있으니 백성들의 불만은 높고, 나라 살림은 엉망이 되고 있는 겁니다. 당장 과한 군역과 축성을 중단해야 합니다."

"안 됩니다! 국방에 누수가 생겨서야 되겠습니까?"

"이보시오, 좌상! 민심은 성나 있고 국고는 동이 났어요. 이미 나라가 붕괴 직전인데 그 여부도 분명치 않은 왜변을 방비하자는 게 말이 됩니까! 설령 왜변이 일어난다 해도 그 전에 민란이 먼저 일어나 나라가 쑥대밭이 되고 말아요!"

"민란이 일어난다면 그건 왜변에 대한 방비 때문이 아니라 공평치 못한 군역과 조세 제도 때문입니다. 양민들은 면포 몇 장을 내지 못해 해마다 반년 남짓 군역과 노역을 지면서 힘겨운 공납貢納과 전세까지 감당해야 합니다. 그에 비해 양반과 지주들은 어떻습니까? 면포 몇 장도 내기 아까워 향교에 거짓으로 등록해 군역을 빼고, 해마다 농작의 풍흉과 논밭의 비옥함에 있어서 그 등급을 속여 전세를 거의 내지 않고 있는 실정입니다. 이것만 바로잡으면 됩니다! 그리되면 축성 때문에 국고가 빌 일도 없고 민심이 성날 일도 없습니다!"

두 대신의 다툼에 선조는 이러기도 어려웠고, 저러기도 쉽지 않았다. 그때 상소 하나가 올라왔다.

"전하, 홍문관弘文館 부제학 김성일의 상소이옵니다."

외적의 침입에 미리 대비하여 축성하는 일에 어찌 감히 입을 놀려 불편하다고 하겠습니까. 그러나 완급도 묻지 않고 한꺼번에 일제히 공사를 일으켰으므로 백성들의 괴로움이 끝이 없사옵니다. 가난한 백성들은 비록 일 년 동안 고생하여도 가을에 빚진 것을 갚고 나면 쌀독은 팅 빕니다. 그리하여 남아 있는 도토리나 나물 뿌리, 겨, 콩잎 등으로 겨우 목숨을 이어 가고 있습니다. 어느 과부가 밭을 팔아 세금을 바쳤는데도 부족하여 숲 속

에 들어가 목을 매 죽었다 하옵니다. 도망간 백성들이 산골 마을로 잇달아 들어가고 있는데, 그 수를 헤아릴 수 없을 정도입니다. 이 모두 갑자기 일으킨 축성 때문이 아니고 무엇 때문이겠습니까?

류성룡을 따르는 김성일조차 이런 강경한 상소를 올리자 선조는 결단을 내릴 수밖에 없었다.

"하삼도의 축성을 멈추고 석 달 이상 군역을 진 자들을 모두 집으로 돌려보내도록 하라!"

예상대로 류성룡은 결사반대였다.

"전하! 백성의 고통을 덜어주려는 성심은 알겠사오나 축성을 멈출 수는 없사옵니다."

"경은 지금 왜변이 난다 여기는 것이오? 이는 민심을 이반시키는 죄임을 모르는가! 왜변보다 무서운 게 과한 군역과 노역으로 인한 성난 민심이오. 더 이상 논하지 말라!"

10.
모두 죽여도 좋지만……

명나라 3대 황제 영락제永樂帝가 지은 자금성紫禁城은 1591년에 170년이 지났음에도 여전히 찬란한 빛을 발했다. 그 구중궁궐 안에서 비대한 만력제는 거만하게 조선 사신을 맞았다.

"짐은 다 알고 있었다! 조선이 왜국과 사신을 주고받으며 국교를 맺고 연합해서 우리 명을 치겠다는 모략을."

백관들이 좌우로 도열해 있는 앞에서 주청사 한응인이 부복한 채 간곡히 진언했다.

"황상 폐하, 그런 음모를 꾸몄다면 어찌 신이 먼 길을 달려와 폐하께 고하겠사옵니까? 천부당만부당하신 말씀이옵니다. 우리 조선이 이제야 고한 것은 그동안 왜국의 실정을 자세히 알아보느라 시일이 걸린 것입니다. 우리 조선은 황상 폐하의 은혜를 한 번도 잊은 적이 없사오니 믿어 의심치 말아 주시옵소서."

조선에 언제나 호의적인 병부상서 석성이 거들었다.

"폐하, 신은 조선의 처지가 이해되옵니다. 조선의 통신사가 일본에 다녀오는 데 걸린 시일이 무려 1년입니다. 그리고 또다시 왜국의 의중을 파악하기 위해 한동안 동분서주했을 것입니다. 그리생각하면 지금 고하는 것이 그리 늦은 일도 아니오니 조선의 충심을 의심치 않아도 될 것이옵니다."

만력제는 귀찮다는 듯 고개를 끄덕였다.

"돌아가거든 즉시 축성과 군사 훈련을 멈추거라. 듣자 하니 의주에서 성을 수축하고 군사를 훈련하고 있다고 하던데, 의주 목사란 놈을 당장에 파직하거라! 알겠느냐? 그리고 은자 만 냥으로 조선의 충심을 보여야 한다."

한응인은 머리가 어질어질해졌다. 은자 만 냥이면 쌀 이만 섬을 살 수 있는 거금이었다. 지금 조선은 은자 천 냥조차 마련할 수 없는 처지였다. 그 비참한 노역은 고스란히 백성에게 돌아갔다.

하지만 비극은 조선뿐만 아니라 풍신수길에게도 덮쳤다.

"조선을 칠 때 내가 직접 바다를 건너갔으면 좋겠는데, 어떻게들 생각하나? 조선을 내 눈으로 보고 싶은 마음도 있고, 또 한 걸음씩 내 발로 직접 정복하는 재미도 있을 테고, 어때?"

가등청정은 무조건 찬동이었다.

"관백 전하께서 직접 나서신다면, 우리 군의 사기는 그야말로 하늘을 찌를 것입니다!"

소서행장은 신중했다.

"분명 우리 군의 사기에 큰 도움이 될 것입니다만, 관백 전하께서 본국을 비우시면 위험하지 않겠습니까?"

석전삼성石田三成(이시다 미츠나리)은 소서행장의 편이었다.

"제 생각도 그렇습니다. 아직 도쿠가와 이에야스 같은 이리들이 호시탐탐 기회를 노리고 있다는 걸 잘 아시지 않습니까?"

그때 건장한 한 남자가 불쑥 들어왔다.

"관백 전하, 그동안 강녕하셨습니까?"

눈을 치켜 뜬 풍신수길은 깜짝 놀랐다. 그 앞에 전전리가前田利家(마에다 토시이에)가 나타난 것이었다.

"오! 내 오랜 친구가 왔구나! 어서 오게, 어서!"

전전리가는 자리에 앉자마자 본론으로 들어갔다.

"관백 전하가 조선으로 건너가면 안 됩니다. 먼저 어머님 오만도코로 님의 연세가 많으십니다. 원정을 나가 계신 동안 오만도코로 님께 큰일이라도 생기면 그 불효를 어찌 감당하시려 합니까? 게다가 외동아들 츠루마츠 님도 걱정이지 않습니까? 두 분 다 곁에서 살펴야지요. 그리고 반란을 일으켰던 호죠가를 정벌하셨다 해도 반란의 불씨는 아직 남아 있습니다. 오다와라성을 도쿠가와 이에야스에게 주었질 않습니까? 이에야스를 조선으로 보내셔도 안 됩니다. 수십만의 정예군을 이에야스에게 맡겼는데, 조선을 정벌한 후 그 창을 돌려 관백 전하를 친다면요?"

풍신수길은 흠칫했다.

"하오니 나고야성에 머무시면서 모든 것을 지휘하시면 됩니다. 그래야 관백 전하께서 안전하십니다."

그 계책이 마음에 들어 풍신수길은 파안대소했다. 그러나 그토록 애지중지한 츠루마츠는 시름시름 앓다가 갑작스레 죽고 말았다. 아무런 죄가 없는 수많은 의원들의 목이 칼날에 날아가고서야 죽음의 행진이 가까스로 끝났다. 아들의 시체를 부여안고 풍신수길은 밤하늘을 향해 부르짖었다.

"당장 조선을 친다! 영주들에게 나고야성으로 모두 집결하라고 햇!"

명이 떨어지기 무섭게 명호옥(나고야) 전초기지로 병사들이 끝없이 몰려들었다. 해안가를 따라 수많은 군선들이 정박했고, 궤짝들이 산처럼 쌓였다. 그 안에 담긴 조총과 총탄들이 흘러넘칠 지경이었다. 하늘을 향해 히히잉 울부짖는 수백 필의 말들, 형형색색의 깃발들, 번쩍거리는 칼과 창, 화살과 활, 취사도구, 갑옷과 쌀……

이루 헤아릴 수 없을 정도로 많은 전쟁 물자가 쌓이고 또 쌓였다. 그럼에도 수십 곳에 대장간이 만들어지고, 대장장이들이 불에 달군 칼을 두드렸다. 그렇게 만들어진 칼들은 차곡차곡 궤짝에 담겼다.

풍신수길은 한가운데 웅장하게 세워진 군막 안에서 지도를 들여다보았다. 한성과 북경, 명호옥성에 작은 깃발이 꽂혀 있었다. 풍신수길은 가신들을 근엄하게 훑어보고는 명을 내렸다.

"3군은 구로다 나가마사黒田長政가 맡는다. 군사는 1만 1천. 4군은 모리 요시나리毛利吉成가 지휘한다. 군사는 1만 5천. 5군은 후쿠시마 마사노리福島正則가 이끈다. 군사는 2만 2천 7백. 6군은 고바야카와 다카카게小早川隆景가 책임진다. 군사는 1만 5천 7백. 7군은 모리 데루모토毛利輝元, 3만, 8군은 우키타 히데이에 1만, 9군은 도요토미 히데가쓰豊臣秀勝, 1만 1천 5백이다. 수군은 9천 450명……. 음, 구키 요시타카九鬼嘉隆, 도도 다카토라藤堂高虎가 이끌어라."

"넷!"

모두 엄숙하게 대답했지만 궁금증은 사라지지 않았다. 풍신수길은 음흉한 미소를 지었다.

"아직 선봉을 정하지 못했는데……. 가토와 고니시 중에서 한 사람이 선봉을 서야 하지 않겠느냐?"

성질 급한 가등청정이 나섰다.

"관백 전하! 제게 선봉대를 맡겨주십시오. 한성까지 단숨에 밀

136

고 올라가 조선 왕의 항복을 받아내겠습니다."

소서행장도 뒤지지 않았다.

"신이 선봉에 나서겠습니다. 조선에 첫발을 디딜 수 있는 영광을 주십시오!"

"가토, 만약 네가 선봉이라면 조선 어디에 상륙하겠느냐?"

가등청정은 대뜸 전라도 남쪽에 깃발을 꽂았다. 소서행장의 비웃음이 날아왔다.

"상륙하기도 전에 물귀신이 되려고 작정했군! 조선의 남쪽 바다에는 수많은 섬들이 있는 걸 모르나? 회오리치는 조류를 만나 상륙하기도 전에 수장되고 말아."

둘의 눈에서 불꽃이 튀었다.

"그렇다면 고니시, 너는 어디에 상륙하려는가?"

"이번 전쟁은 600척이 넘는 대병선을 이끌고 상륙해야 합니다. 상륙하기 직전, 쓰시마에서 잠시 군비를 점검한 후…… 바닷물길이 섬과 부딪쳐 꺾이지 않고 단번에 조선의 해안가까지 닿는 곳, 바로 부산진입니다."

말이 끝남과 동시에 부산진에 깃발을 꽂았다.

"그리고……? 한성까지 어떻게 진격할 거지?"

"부산진에 상륙한 후 밀양을 점령하고 청도를 지나 대구에 입성할 것입니다. 이후 안동을 지나 낙동강을 건너 상주와 문경을 점령하고 충주에 입성만 한다면…… 그다음은 한성까지 파죽지세로 밀어붙일 수 있습니다."

"좋아! 선봉은 고니시로 정한다. 하지만 조선 도성은 누가 먼저 점령할지 아무도 몰라. 누구든 먼저 조선 도성을 점령하고 조선 왕의 목을 가져와라. 그가 이 전쟁의 최고 수혜자가 될 테니까. 조선을 점령하면 각 군의 병력은 조선 8도에 나누어 주둔한다. 그리고 서둘러 각 지역의 조선인들 중에 추가 병력을 차출하고 군량을 조달해야 할 것이야. 조선에서 병력과 군량이 확보되면 나고야의 나머지 병력과 합류해 명나라를 칠 것이다. 알겠나!"

모두가 큰 소리로 일제히 대답했다.

"넷! 관백 전하!"

왜군들의 사기가 하늘을 찌를 때 조선 백성들은 명나라에 바칠 은자 만 냥을 마련하느라 죽어나갈 지경이었다. 그 와중에도 류성룡은 전쟁을 대비하는 데 분주했다. 사랑방에서 서찰을 쓰고는 봉투에 '全羅左都 水軍節制使 李舜臣(전라좌도 수군절제사 이순신)'이라고 썼다.

이 편지를 받을 즈음이면 일이 해결됐으면 하고 바라지만, 사정이 좋지 않네. 허나 내 곧 무슨 방도를 낼 것이니 거북선을 건조하는 일은 계속 진

행토록 하게. 보내준 설계도는 잘 보았네. 배 등에 판자를 덮고 날카로운 송곳을 꽂은 것이며 뱃머리에 용두를 만들어 포혈 자리를 잡은 것은 정말이지 감탄하지 않을 수 없었네. 언젠가 거북선을 직접 볼 날을 고대하겠네.

거북선 도면을 다시 주의 깊게 바라보았다. 이런 배를 만든다는 착상 자체가 류성룡은 놀라웠다. 그러나 선조는 한가득 비웃을 뿐이었다.

"좌상이 거북선을 만들기 위한 재정 확보에 골몰한다 들었는데…… 잘되고 있소?"

"백방으로 수소문하였사오나 몹시 어렵사옵니다."

"그렇겠지. 거북선 건조를 당장 중단하시오. 좌상은 아직도 왜변이 일어난다고 보는 것입니까?"

"왜적은 지속적으로 하삼도를 약탈해왔습니다. 왜변은 언제든 있을 수 있사옵니다. 신이 걱정하는 것은 왜적도 왜적이지만, 허약해진 우리 조선의 군사력이옵나이다."

"일본은 섬나라이니 수전에 익숙할 것이오. 우리는 수전에 별로 경험이 없어요. 어차피 수전에서 승산이 없다면…… 수군을 폐지하고 모든 힘과 재정을 육상군에 쏟아부어 만에 하나 일어날지도 모르는 왜변에 총력을 기울이는 것이 옳지 않겠소?"

"있을 수 없는 일이옵니다! 수군 폐지는 결단코 아니 되옵니다!"

남인과 북인으로 갈라섰지만 이산해 역시 류성룡과 같은 의견이었다.

"바다는 바닷물이 차 있는 단순한 곳이 아니옵니다. 바다는 곧 백성들의 생계이며 육지만큼 중요한 나라 살림의 근간입니다. 바다에 기대어 사는 백성들은 어업을 호구지책으로 삼고, 뭍에 사는 백성들 또한 그들이 생산하는 소금이 없으면 살지를 못합니다. 염전은 국고의 크나큰 부분을 채워주고 있는데, 수군을 폐지하면 누가 있어 백성들의 생계와 나라 살림을 지킬 수 있겠사옵니까!"

선조는 끙 앓는 소리를 내더니 마지못해 수긍했다.

"과인은 논의해보라 한 것이지 수군을 폐지하라 한 적은 없소……. 경들의 뜻이 그러하다니 수군 폐지는 없던 걸로 하지요."

"전하, 신 이산해 감히 고언을 드리고자 합니다. 전하의 한마디 말씀은 저희 같은 신하들의 한마디와는 비교할 수 없는 무게와 권위를 지니옵니다. 다행히 이번 사안은 조정의 논의로 끝났사옵니다만, 만약 세간으로 퍼졌다면 수군의 상실감과 반발은 물론, 해안가에 사는 백성들의 절망감 또한 이루 말할 수 없이 깊었을 것이옵니다. 부디 국가의 중대사에 있어서는 대신들과 깊이 얘기를 나누시고 숙고하신 연후에 성심을 드러내주시옵소서."

선조의 미간이 움찔거렸다. 두 손으로 용포를 꾸욱 쥐며 치밀어 오르는 화를 겨우 참았다. 자신들의 뜻을 관철하고 훈계까지 한바

탕 늘어놓은 뒤 물러나는 대신들의 뒷모습을 보며 선조의 얼굴은 아예 일그러졌다.

하지만 풍신수길은 기쁘기 그지없었다. 외동아들 츠루마츠를 잃은 슬픔을 극복하고 누나 일수日秀(닛슈)의 아들 풍신수차豊臣秀次 (도요토미 히데쓰구)를 양자로 받아들인 것이다. 1591년 12월, 스무세 살의 히데쓰구에게 관백 자리를 물려주고 풍신수길은 태합하太閤下가 되었다. 선조가 세자를 세우기를 끝내 거부한 것과 달리 풍신수길은 대전쟁을 앞두고 일찌감치 후계자를 정하는 치밀함을 보였다. 황금 다실에 모인 가신들은 이 결정을 적극 환영했다.

"태합 전하 만세! 관백 전하 만세."

만세 소리가 왜국 곳곳에 울려 퍼질 때 풍신수길은 마지막 결정을 내렸다.

"총집결할 군사 중에서 본토에는 얼마나 남기면 좋겠는가?"

석전삼성이 즉각 대답했다.

"총병력 30만 중에서 교토를 방비하기 위해 최소한 3만의 군사는 남겨두어야 합니다."

"나고야에는?"

"예비 병력 10만을 남겨두고 상황을 보아 조선에 출정시키거나 아니면 본토의 변란을 대비하는 것이 좋을 듯싶습니다."

"그럼 30만 중에 조선으로 출정하는 병사는 17만 명이군. 고니시!"

"넷, 관백 전하!"

"우리 대군이 부산진에 도착한 후 조선의 도성을 함락하기까지 얼마나 걸리겠느냐?"

"적의 저항에 따라 차이는 있겠습니다만, 큰 전투를 몇 차례 치른다 생각하면 석 달은 걸리지 않을까 판단됩니다."

"석 달? 우린 17만 대군에다 조총 부대가 있어! 헌데 석 달이나 걸린단 말이냐! 네놈은 말을 타는 게 아니라 거북이를 타고 전쟁을 치를 셈이냐! 조선 도성을 한 달 보름 안에 점령해! 그리고…… 다 죽여도 좋은데……."

풍신수길은 말을 멈추고 조선 찻잔을 하늘로 치켜들었다.

"조선의 도공들만큼은 죽이지 말고 생포해서 데려와라. 나는 조선의 도자기가 아주 마음에 든단 말이야. 하하하!"

둥, 둥, 둥, 북소리가 귀를 울렸다.

요란한 갑주를 입은 병졸들이 깃발과 총검을 들고 도열했다. 화려하게 꾸며진 단상 아래에 소서행장(고니시 유키나가), 평의지(소 요시토시), 송포진신松浦鎭信(마츠라 시게노부), 유마청신有馬晴信(아리마 하루노부), 대촌희전大村喜前(오무라 요시아키), 오도순현伍島純

玄(고토 스미하루), 가등청정(가토 기요마사), 과도직무鍋島直茂(나베시마 나오시게), 상량뢰방相良頼房(사가라 요시후사), 흑전장정黒田長政(구로다 나가마사), 대우의통大友義統(오토모 요시무네), 모리승신毛利勝信(모리 가츠모토), 도진의홍島津義弘(시마즈 요시히로), 고교원종高橋元種(타카하시 모토타네), 추월종장秋月種長(아키즈키 타네나가), 이동우병伊東祐兵(이토 스게타카), 도진풍구島津豊久(시마즈 토요히사), 복도정칙(후쿠시마 마사노리), 호전승륭戸田勝隆(토다 카츠타카), 장조아부원친長宗我部元親(조소카베 모토치카), 봉수하가정蜂須賀家政(하치스카 이에마사), 생구친정生駒親正(이코마 치카마사), 득거통행得居通幸(토쿠이 미치유키), 내도통총来島通総(구루지마 미치후사), 소조천융경(고바야카와 타카카게), 모리수포毛利秀包(모리 히데카네), 입화종무立花宗茂(타치바나 무네시게), 입화직차立花直次(타치바나 나오츠구), 축자광문筑紫広門(치쿠시 히로카토), 안국사혜경安國寺恵瓊(안코쿠지 에케이), 모리휘원毛利輝元(모리 데루모토), 우희다수가(우키타 히데이에), 풍신수승豊臣秀勝(도요토미 히데카츠), 세천충흥細川忠興(호소카와 타다오키), 구귀가륭(구키 요시타카), 굴내씨선堀内氏善(호리노우치 우지요시), 삼약씨종杉若氏宗(스기와카 우지무네), 상산중청桑山重晴(쿠와야마 시게하루), 등당고호藤堂高虎(토도 타카도라), 협판안치脇坂安治(와키자카 야스하루), 가등가명加藤嘉明(카토 요시아키), 관정석위문위管井石衛門尉(스가이 에몬쇼우), 삼약전삼랑杉若傳三郎(스기와카 덴사

부로) 등 각 군의 총대장과 부장들이 도열했다.

단상 위로 풍신수길이 모습을 드러내자 천지가 진동하듯 함성이 울렸다. 북이 멈추고 군사들이 일제히 총검을 받드는 모습은 아름답기조차 했다. 이윽고 풍신수길이 입을 열었다.

"우리 일본의 용맹한 군사들이여! 짐은 분열된 일본을 통일하고 하나가 된 그대들이 너무도 자랑스럽다. 허나, 비록 이 나라는 하나가 되었다 할지라도 오랜 전쟁으로 너무도 황폐해졌고, 우리의 가족과 형제들은 굶주림 속에 눈물을 흘리고 있다. 해서 짐은 드디어 큰 결단을 내렸다……. 더 넓고 더 비옥한 땅을 정복해 우리의 가족과 형제들의 눈물을 거둘 것이다!"

군사들이 일제히 함성을 내질렀다. 풍신수길은 오른손을 번쩍 들었다.

"자랑스러운 나의 형제들이여! 저 바다 건너 새로운 대륙은 이제 우리의 땅이 될 것이며, 그 땅은 우리 가족을 위해 풍요로운 곡식을 선사할 것이다. 가자! 조선으로, 그리고 명으로! 그곳에서 정복하고 취하는 모든 것들은 그대들의 몫이다!!!"

11.
7년 전쟁이 시작되다

"내 활 솜씨를 당해낼 사람은 아무도 없지."

"흥, 길고 짧은 것은 대보아야 아는 게야."

평화로운 4월의 절영도絶影島 숲에서 말을 탄 군관들이 희희낙락거리며 달렸다. 저 앞으로 도망치는 사슴은 목숨이 오락가락했다. '쉬익' 화살 하나가 빠르게 날아왔으나 휘어진 소나무에 박혔다.

"훗. 큰소리치더만 별 볼 일 없네그려."

'쉬익' 또 하나의 화살이 날아와 사슴의 목에 정확히 꽂혔다. 부산진 첨절제사僉節制使 정발鄭撥이 고개를 들자 뒤따르던 병사들이 환호했다. 서로 잘났다고 난리 치던 군관들은 머쓱해졌다.

"자, 불을 놓자고."

곧 사슴은 활활 타오르는 불 위에 올라 술안주가 되었다.

"빨랑 막걸리를 가져와."

왁자지껄 술판이 벌어질 때 소서행장의 눈길에 어렴풋이 조선의 육지가 보이기 시작했다.

"일단 척후를 보내 상황을 파악하라."

부산진 봉수대 망루는 어제처럼 조용했다. '아무 일 없음'을 뜻하는 한 줄기 연기가 피어오르고 병사 두 명이 보초를 서고 있었다. 한 명은 나른한 기운에 꾸벅꾸벅 졸고 다른 병사는 창을 쥔 채 아예 앉아서 잠을 청했다. 문득 파도를 가르는 소리에 병사 한 명이 눈을 떴다. 바다를 흘긋 보고는 갸웃했다. 저 멀리에서 배 한 척이 다가오는 모습이 보였다.

"이보게, 빨랑 일어나게."

"아이참, 막 잠이 들려 했는데. 왜 깨우는 겨?"

"저…… 저게 뭐냐?"

앉아 있던 병사가 마지못해 일어나 눈을 비비고 바다를 보았다.

"저게 대체 뭐지?"

병사들이 '대마도 세견선歲遣船인가?', '깃발을 안 달았네?', '왜 저런 옷을 입었지?' 의아해하며 이러쿵저러쿵 떠들어댈 때 척후병들은 해안가 바위 뒤에 내려 재빠르게 흩어졌다. 사슴 고기를 안주 삼아 술을 마시던 군관들은 척후병이 자신들의 모습을 살피고 배로 돌아갔다는 사실을 까마득히 몰랐다. 정찰을 마친 척후선이 다시 바다로 돌아갔으나 봉수대 병사들은 한 척의 배가 왔다가 곧 사라지는 것쯤은 대수롭지 않게 여겼다. 본선에서 기다리던 소서행장은 침략 시간을 저울질했다.

"상황이 어떤가?"

"장수와 병사들은 성 밖에서 사냥을 하고 있습니다."

"성을 지키는 군사는 어느 정도 되느냐?"

"8백여 명 정도 됩니다."

소서행장은 칼을 잡고는 짧게 말했다.

"상륙한다!"

말을 타고 군사들과 함께 성으로 돌아가던 정발은 우뚝 멈추었다. 군관이 손을 들어 가리키는 바다에 배들이 서너 척 떠 있었다.

"저기…… 혹 대마도에서 오는 세견선들입니까?"

"글쎄."

서너 척의 배는 곧 수십 척으로 늘었다. 그리고 수백 척이 모습을 드러내 부산 앞바다를 까맣게 뒤덮었다. 군사들은 모두 놀라 눈이 등잔만 하게 커졌다. 정발은 순간 대참사가 일어날 것임을 직감했다.

"왜구들이다! 백성들을 모두 성안으로 대피시키고 출정 준비를 하라!"

뿔 나팔 소리가 요란하게 울리고 징 소리가 부산진을 뒤흔들었다. 병사들이 정신없이 달리고 백성들은 허겁지겁 도망쳤다. 마을마다 일대 혼란이 일어나 아수라장이 되었다. 옷만 겨우 갖춰 입은 피난민들이 부산진성으로 몰려들었다. 군기고에서 화살, 포, 칼을 꺼내 나누어주고 그것을 받는 병사들의 손이 분주했다. 성 위에서는 포를 정렬하느라 비지땀을 흘렸다. 정발은 드디어 올 것이 왔다고 생각했다.

"오늘이 며칠이지?"

"임진년壬辰年(1592) 4월 13일입니다."

"이날을 평생 잊지 못하겠구나. 동래부사 송상현 장군에게 이 소식을 급히 알리거라."

고개를 돌려 봉수대를 바라보자 연기는 여전히 한 줄기였다. 보초를 서던 병사들은 이미 척후병의 칼 아래 목숨을 잃은 뒤였다. 짙은 해무가 깔리기 시작했고 포구에 당도한 왜선에서 왜군들이 쏟아져 내렸다. 소서행장은 뭍에 첫발을 내디디며 징조가 좋다고 생각했다.

"해무가 깔리기 시작하는군. 하늘이 우릴 돕는구나."

부산진성 위에도 해무가 자욱했다. 경상좌수사 박홍朴泓은 정신이 혼미했다.

"이게 어찌 된 일이오? 대체 왜구들이 얼마나 되오?"

"정확한 규모는 모르나, 적선이 3, 4백 척은 되어 보입니다."

"3, 4백 척? 허면, 1만은 넘을 텐데……. 해적들의 수가 그리도 많았단 말이오?"

"해적이 아닙니다. 본토에서 온 정규군 같습니다!"

"소문만 퍼지던 대전쟁이 이렇게 시작되는구나. 모두 전투 준빗!"

둥, 둥, 둥, 북소리가 울렸다. 궁수들은 성곽에 올라 활에 화살을 재고, 포수들은 포에 포탄을 장전했다. 정발과 박홍이 아래를 바라보자 짙은 해무 속에서 왜장 두 명이 모습을 드러냈다. 곧 완전 무장한 왜적들이 하나둘 나타나기 시작했다. 그 숫자는 수십, 수백, 수천으로 늘어났다. 개미 떼처럼 어마어마한 군사들이 드러나자 정발은 입술을 깨물었다. 소서행장은 눈을 감고 잠깐 기도를 한 뒤 평의지를 향해 고개를 끄덕였다. 긴 칼을 빼어 들고 평의지는 거세게 소리쳤다.

"전군! 공격하라!!!"

왜군들이 함성을 지르며 일제히 성을 향해 달려갔다. 피비린내 나는 7년 대전쟁의 막이 올랐다.

"쏴라!"

정발의 외침에 맞춰 화살이 비처럼 쏟아져 내렸다. 천자총통의 심지에 불을 붙이자 곧 천둥 같은 소리를 내며 포탄이 왜군 진영에서 터졌다. 왜적들은 갈가리 찢긴 자기편의 시체를 짓밟고 막무가 내로 돌진해 필사적으로 성벽을 기어올랐다. 또 수십 명이 거대한 통나무를 들고 성문을 부수기 시작했다. 쿵, 쿵, 쿵, 통나무가 성문을 짓찧을 때마다 성곽 전체가 흔들렸다.

"궁수, 발삿!"

궁수들이 일제히 화살을 쏘았다. 비처럼 쏟아지는 화살에 수십 명의 왜군들이 쓰러졌지만 뒤를 따르는 병졸들은 멈출 줄을 몰랐다. 가까이 다가온 조총 부대가 화약을 장전했다. 3열로 늘어서 성을 향해 발사하자 조선군들이 픽픽 쓰러졌다. 말로만 듣던 조총의 위력에 병사들은 황망하기만 했다. 화살과 조총, 포탄이 난무하는 사이에 성문은 점차 일그러졌다.

"이대로 가면 성문이 부서집니다."

"목숨을 걸고 성문을 지켜라."

그러나 마지막 충격으로 성문은 산산조각 나고 왜적들이 파도처럼 성곽 안으로 밀려들었다.

"모두 죽여라! 절대 물러서지 마라."

처절한 백병전으로 바뀌었다. 칼과 창이 허공을 가를 때마다 왜군과 조선병이 차례로 목숨을 잃었다. 그러나 그 숫자는 조선병이 더 많았다. 차츰차츰 뒤로 밀릴 때 박홍은 지금 무엇이 가장 중요한지 생각했다. 성을 사수하기는 불가능했다. 괴성을 내지르며 달려드는 왜병 하나를 칼로 쓱싹 베고는 군량 창고로 달려갔다. 잠시 갈등하다가 횃불을 들어 휙 던졌다. 불이 일어나 창고에 쌓여 있는 쌀가마니가 활활 타오르는 모습을 보고는 뒤편으로 냅다 뛰어갔다. '이제 틀렸다' 생각이 든 군관 하나가 정발을 잡아끌었다.

"장군! 피하십시오!"

"이놈! 적을 앞에 두고 어디로 피한단 말이냣!"

"좌수사 영감은 이미 군량 창고에 불을 지르고 성을 빠져나갔습니다. 더 늦기 전에 피해야 합니다. 승산이 없습니다."

"전장에서 내일이 있더냐! 장수에게 살고 죽는 자리는 오직 전장뿐이다. 모두 힘을 내라! 물러서지 마라!"

소리치며 달려드는 왜군을 향해 칼을 휘둘렀다. 그때 저 멀리에서 왜군 하나가 정발을 향해 조총을 겨누었다. '탕!' 소리와 함께 총탄이 날아와 정발의 투구를 뚫었다. 정발은 썩은 고목나무처럼 옆으로 쓰러졌다.

"장군!"

군관이 다급히 정발을 부축하려 했으나 그 등에 창이 꽂혔다. 군관은 분수처럼 피를 뿜으며 그 자리에서 절명했다. 정발은 가까스로 일어났으나 어느새 다가온 왜적이 칼을 힘껏 치켜들고 그대로 정발의 심장에 꽂았다. 죽음의 문턱에서 정발은 부산진의 모습을 마지막으로 보았다. 불길과 함성이 서서히 잦아드는 성에 시체가 가득했다. 목이 없는 몸뚱이, 팔이 없는 시체, 아이를 안고 처참하게 죽은 어머니.

"이것이 이 나라의 운명이로구나……."

눈을 부릅뜬 채 정발은 숨을 거두었다.

12.
닭 잡는 데
큰 칼이 필요치 않다

"군량을 확보하지 못한 것이 아쉽기는 해도 첫 전투치고는 너무 싱거웠다. 모두 몇 명을 베었는가?"

"병사와 백성을 포함해 3천여 명에 달합니다."

"수고했다. 다음 목표는……."

소서행장은 이마의 땀을 닦고는 지도를 꺼냈다. 조선인들을 확인 사살하는 조총 소리가 끊이지 않았다.

"다음 공격지는 다대포多大浦와 서평포西平浦이다. 모두 전열을 갖추고 진군하라."

'와아!' 승리의 함성을 내지르며 왜적들이 서쪽으로 진군할 때 파발이 전속력으로 북쪽으로 내달렸다. 선조는 소스라치게 놀랐다.

"지금 왜적이라 했느냐!"

눈앞에 펼쳐져 있는 장계를 믿을 수 없었다. 이봉정이 안타까이 말했다.

"전하……. 너무 심려 마시옵소서. 관군이 왜구들을 물리칠 것이옵니다."

그러나 선조는 이미 얼이 빠졌다.

"저, 적선이 3, 4백 척은 된다고 했다. 그 정도면 해안가가 아니라 경상도가 쑥대밭이 된다! 어서, 어서 대신들을 들라 하라."

안절부절 맴도는 선조 앞에 대신들이 속속 들어와 섰다. 이산해, 류성룡, 이원익, 이덕형, 홍여순洪汝諄, 신립, 이일……. 먼저 입을 여는 사람은 아무도 없었다. 무거운 침묵을 깨고 선조가 소리를 질렀다.

"왜들 말이 없소! 과인이 왜변은 일어나지 않을 것이라 큰소리 쳤으니 경들은 잘못이 없다, 이런 겁니까?"

홍여순이 대답했다.

"아니옵니다, 전하. 신들이야말로 왜변에 대한 대비를 철저히 못 했으니 죽여주시옵소서."

이원익은 죽음은 차후의 문제라 생각했다.

"일단 상황이 급하니 신들의 죄는 나중에 물으시고 어서 적들부터 토벌하셔야 하옵니다."

"영상의 생각은 어떻소? 저들이 해안을 침탈한 왜구들이오? 아니면 풍신수길이라는 자가 큰소리쳤던 본토의 군사들이오?"

이산해는 큰 전쟁이 아닐 것이라 여겼다.

"노략질을 하러 온 왜구들일 것이옵니다. 일만 명은 적지 않지만 왜국에서 전쟁을 치르기 위해 보낸 군사라 보기에는 매우 적은 숫자입니다. 또한 전쟁을 생각했더라면, 부산포만이 아니라 가장 큰 곡창지대인 전라도에도 상륙해 우리의 경군을 분산시키려 했을 것이옵니다."

신립은 그 의견에 찬동했다.

"그렇사옵니다, 전하. 우리의 제승방략 체계는 한곳으로 쳐들어오는 적을 방어하기에 가장 유리합니다. 만일 전쟁을 하러 왔다면, 어찌 이처럼 무모하게 부산포로만 올 수 있겠습니까? 신 또한 규모가 큰 왜구들의 소행이라 여겨지옵니다."

류성룡은 반대하고 나섰다.

"장담할 수 없사옵니다! 이제 겨우 첫 장계가 올라왔을 뿐이옵니다. 뒤이어 오는 왜적들이 없다면 다행이겠으나 지금 부산포에 온 왜적의 뒤를 이어 또 다른 왜적이 상륙할지도 모르는 일이옵니다."

홍여순은 그 말에 반대였다.

"좌상 대감, 그건 너무 무모한 말씀입니다. 적들의 배가 이미 3, 4백 척이 왔다고 하는데, 또 다른 왜적이라니요!"

이일도 같은 편이었다.

"아무리 왜국을 통일한 풍신수길이라 하더라도, 언제 천여 척에 달하는 군선을 만들 수 있었겠습니까? 지금 와 있는 적들의 배들만 해도 왜국에 있는 배를 모두 동원한 것일 겁니다."

이덕형만 류성룡을 거들었다.

"아닙니다. 만사 불여튼튼이라 했으니 팔도에 군사 동원령을 내려두시는 게 좋을 듯싶사옵니다."

이산해가 꾸짖었다.

"경상도 해안이 침탈당한 것을 가지고 팔도에 동원령이라니요? 작년에 소문만 듣고도 하삼도를 떠나려던 백성들이었습니다. 만일 팔도에 동원령을 내리면 전쟁을 기정사실화하는 것인데, 그야말로 민심은 요동치고 온 나라가 피난 행렬로 가득할 것입니다."

신중한 류성룡이 결론을 내리듯 주청했다.

"만반의 준비를 해두고, 아니면 민심을 다독이면 되는 일! 전하, 미리 방어 태세를 갖추시옵소서. 당장 경군을 내려보내 적을 진압하는 것이 시급한 일이옵니다."

"그 말이 맞소. 비변사는 어서 경군부터 꾸리도록 하시오!"

그때 신립이 앞으로 나섰다.

"전하, 신이 기마군을 이끌고 가서 적들을 소탕하겠사옵니다!"

이일이 더 앞으로 나섰다.

"신립 장군이 나설 것까지 있겠사옵니까? 닭 잡는 데 큰 칼이 필요치 않듯 신이 가도 충분하오니 신을 보내주시옵소서!"

대신들은 비변사에 모여 머리를 맞댔다. 지도를 펼쳐놓고 홍여순이 빠르게 설명했다.

"이일 장군이 순변사巡邊使가 되어 중로로 내려가고, 좌방어사左防禦使 성응일成應—이 동로로, 우방어사右防禦使 조경趙儆이 서로로 내려가시오. 그리고 유극량劉克良과 변기邊機를 조방장助防將으로 삼아 각기 경상도와 충청도에 걸쳐 있는 죽령竹嶺과 조령鳥嶺을 지키게 하면 더 이상 적들이 위로 올라오지는 못할 것입니다."

그 시각 소서행장은 기세등등한 대군을 이끌고 북쪽으로 진군했다. 동래성에서 부사 송상현과 경상도 병마절도사兵馬節度使 이각李玨은 심각하게 마주 앉아 대책을 숙의했다.

"다대포와 서평포가 이미 함락당했어요."

송상현은 길게 탄식을 내뱉었다.

"적의 규모가 크기도 하지만, 너무 갑작스레 급습을 당해 무너진 것입니다. 허나 이곳 동래성은 막을 만합니다. 군사 3천에 군민까지 도합 2만입니다. 합심하면 능히 물리칠 수 있습니다. 절도사께서도 남은 군사들과 함께 합류하십시오."

이각은 갸웃거렸다.

"성 밖 외곽에 숨어 있다가 왜적들이 성을 공격할 때 후방을 치는 게 낫지 않겠소?"

"많지 않은 군사로 후방을 치는 건 의미가 없습니다. 동래성으로 들어오십시오."

그 말을 무시하고 이각은 벌떡 일어섰다.

"아니오. 난 소산역蘇山驛에 진을 치고 기다리겠소. 무운을 비오."

찬바람을 일으키고 나가자 군관들이 들어왔다.

"군민들에게 무기를 모두 지급하고 자리에 배치했습니다."

송상현은 비장한 표정으로 일어섰다.

"이곳이 무너지면 내륙까지 모두 유린당하게 된다. 반드시 지켜야 한다. 살려고 생각하지 마라! 죽어 귀신이 되어서라도 지켜야 한다. 알겠느냐?"

동래성 밖에는 왜군의 막사 수십 개가 진을 치고 있었다. 평의지가 칼로 동래성을 가리켰다.

"동래성 둘레는 3천 90척. 군사들은 3천 정도이며, 군민들까지 도합 2만 정도로 파악됩니다."

"먼저 항복하라고 서찰을 보내라."

"송상현이란 자는 강직한 자라 항복하지 않을 것입니다. 그냥 치시지요."

"강직한 자이니 예의를 갖추려는 것이다. 보내라."

말 뒤에 흰 깃발을 꽂은 왜군 전령 한 명이 달려와 동래성 아래에 목패木牌를 박았다. 송상현은 그 글을 담담하게 읽어 내려갔다.

戰則戰矣 不戰則假道
전즉전의 부전즉가도

"'그대가 굳이 싸우겠다면 할 수 없지만, 싸우지 않으려면 길을 빌려달라?' 방약무인한 놈들 같으니라고!"

송상현은 붓을 들고 급히 휘갈겨 썼다.

戰死易 假道難
전사이 가도난

소서행장은 그 답신이 마음에 들었다.

"'싸워 죽기는 쉬우나, 길을 빌리기는 어렵다.' 무릇 장수라면 이래야지. 준비하라!"

북을 치며 새까맣게 몰려오는 왜군들을 바라보며 송상현은 비장한 미소를 지었다. 칼을 힘껏 쥐고 옆에 있는 군관을 돌아보았다.

"그간 부족한 날 따르느라 고생 많았다. 다음 생에 태어난다면,

그땐 내가 널 상관으로 모시마."

"아닙니다. 부사 어른을 만나 참으로 많은 걸 배웠습니다. 마지막까지 함께하게 돼 영광입니다."

그 어깨를 한 번 다독이고 송상현은 칼을 빼어 들었다.

"궁수와 포수, 앞으로!"

그러나 반나절이 지나지 않아 동래성은 참혹하게 죽은 조선 군사들과 백성들의 시체로 가득 찼다. 피를 뚝뚝 흘리면서 송상현은 소서행장과 평의지가 의기양양하게 성안으로 들어오는 모습을 보았다. 갑옷 위에 조복을 입은 송상현은 북쪽을 향해 절을 하고는 돌아섰다. 그리고 땅에 꽂아놓은 칼을 그러쥐었다.

"이놈들! 이게 끝이 아니다!"

송상현이 소서행장에게 달려들었지만 부장들의 칼과 창이 더 빨랐다. 햇빛에 반짝이는 칼 하나가 송상현의 몸을 꿰뚫었다. 평의지가 그 죽음을 안타까이 바라보자 소서행장이 지시했다.

"훌륭한 장수다. 고이 묻어주거라."

대마도에 머물러 있는 가등청정은 좀이 쑤셔 군막 안에서 오락가락했다. 사야가沙也加가 가져온 첩보는 그를 더욱 조바심 나게 했다.

"벌써 동래성이 함락되었다고?"

"네, 장군! 부산진, 다대포, 서평포, 동래성까지 파죽지세로 밀고 나갔다 합니다."

가등청정은 더 이상 듣고만 있을 수 없어 탁자를 쾅, 내리쳤다.

"대체 우리는 언제 출정하라는 거야! 이러다간 고니시 놈이 먼저 조선 왕을 잡게 돼! 지금 바로 출정하겠다고 전하라!"

전령이 나가자 가등청정은 사야가의 어깨에 손을 올렸다.

"네가 선봉을 맡아서 조선 땅을 도륙 내라. 알겠나?"

도륙의 칼날이 조선 땅을 곧 덮을 것이련만 한성의 유생들은 출전을 준비하라는 하명이 내려진 상황에도 병조 마당에서 서책을 옆구리에 끼고 서성이기만 했다. 류성룡은 기가 막혀 대뜸 호통부터 쳤다.

"과거 준비? 이놈들! 대체 네놈들이 국록을 먹고자 하는 이유가 무엇이냐! 나라가 누란지세累卵之勢에 있을 때는 몸을 사리고, 평소에는 알량한 권세나 누리며 살겠다는 것이 아니냐! 이 천하의 소인배들! 네놈들 따위가 관직에 나아가려 하니 나라가 이 꼴이 되는 것이야! 그 썩어빠진 정신으로는 백성을 구하기는커녕 왜적들에게 투항해 반역을 할 것이다. 그럴 바에 차라리 내 손으로 죽여주마!"

류성룡은 옆에 있던 신명철의 칼을 빼어 들었다. 놀란 유생들과 아전들이 모두 무릎을 꿇고 변명을 늘어놓았다.

"대감! 살려주십시오. 목숨이 아까워서 이러는 것만은 아닙니다!"

"그럼, 대체 무엇이란 말이냐!"

유생들의 하소연을 들은 류성룡은 급히 궐로 향했다.

"병조판서 홍여순을 파직하고 엄벌에 처해주십시오. 홍여순의 부패와 추악함을 아는 유생과 관리들이 그자의 명을 따를 수 없다며 전장에 나가기를 거부했습니다."

"홍여순의 비리에 관한 증좌가 있소?"

이덕형이 머뭇거리다가 대답했다.

"얼마 전 군량미를 빼돌린 증좌가 있습니다."

"뭐라? 군량미를! 헌데 왜 고하지 않았소?"

"관련된 자들까지 모두 조사하고 나서 고하려 했사옵니다."

"허허. 이런 엄중한 시기에 병판을 파직해야 하다니."

류성룡은 머뭇거릴 수 없었다.

"엄중한 시기이니 서둘러 파직하고 관리들이 믿고 따를 수 있는 인물을 병판에 제수하셔야 하옵니다. 김응남金應南이 좋을 듯싶사옵니다."

선조는 앞뒤를 가릴 처지가 아니었다.

"그리합시다."

"의주에서 축성을 하다 명나라의 오해로 파직된 의주목사 김여물金汝吻을 석방하시옵소서. 신이 중하게 썼으면 하옵니다."

"그리하시오."

갑자기 격한 통증이 찾아와 선조는 가슴을 부여잡았다. 이봉정이 깜짝 놀라 어의를 부르려 뛰쳐나갔다. 선조는 고통스러워하며 숨을 고르다가 이덕형의 손을 잡았다.

"체찰사體察使……. 너무, 너무 고통스럽습니다……. 반드시…… 왜변을 진압해주시오……."

그때 승지가 장계를 들고 헐레벌떡 들어왔다.

"왜적이 동래성을 함락하고 기장, 양산, 밀양까지 점령했다 하옵니다! 곧 조령을 넘을 듯하옵니다!"

선조는 가슴을 부여안은 채 입을 쩌억 벌렸다. 커다랗게 뜬 눈에 두려움이 가득했다.

"왜변은 없다 하지 않았소? 김성일이 분명 왜변은 없다 하지 않았소? 헌데 왜변도 아니고 전쟁이라니……."

모두가 말이 없었다.

"그리 입바른 소리를 잘하던 분들이 모두들 입이 달라붙었습니까? 말을 해보세요, 말을! 대체 이 사태가 어찌 된 일이냔 말이오!"

"전하, 죽여주시옵소서."

"그래. 김성일, 그자가 사달의 원흉이었어……. 통신사 보고가 다르지만 않았어도 이렇게 속수무책으로 당하진 않았을 게야. 여봐라, 당장 김성일을 잡아들여라! 내 김성일을 효수하여 그 책임을 물을 것이다!"

김성일이 비록 왜변은 없을 것이라고 보고했지만 그의 능력을 잘 아는 이산해가 재빨리 말을 돌렸다.

"전하, 순변사 이일이 군사를 이끌고 내려갔사옵니다. 또 군사들이 경상도의 거점인 대구로 속속 모여들고 있사옵니다. 그곳에서 이일이 군사를 이끌고 적의 예봉을 꺾을 것이오니 너무 심려치 마시옵소서."

"만약 못 꺾는다면? 만약 못 꺾는다면 충주예요. 충주가 뚫리면…… 바로…… 이곳 한성이란 말이오!"

통증 때문에 가슴을 움켜쥔 손이 부들부들 떨렸다. 신립이 호탕하게 앞으로 나섰다.

"전하! 전장 경험이 풍부한 제가 내려가겠사옵니다. 신이 가서 반드시 적의 예봉을 꺾겠사옵니다."

선조는 불안했다.

"정녕 그리할 수 있소?"

"전하의 근심을 없애지 못한다면, 신은 전장에 뼈를 묻겠나이다."

"그대야말로 이 나라를 구할 충신이오. 한성판윤漢城判尹 신립을 삼도순변사三道巡邊使로 임명하고, 상방검尙方劍을 내려 군무에 관한 전권을 위임하겠다. 순변사의 명은 곧 과인의 명이니, 명을 따르지 않는 자는 어명 없이 처단하라.”

어전을 물러나오며 대신들은 신립에게 간곡히 부탁했다.

“무운을 비오. 반드시 왜적을 무찔러주시오.”

류성룡은 그런 막연한 부탁은 아무런 도움이 되지 않음을 잘 알았다.

“적이 많고 강할 때는 전면전을 피하라 했습니다. 충주의 조령은 길이 좁고 험준할 뿐 아니라 첩첩이 두른 절벽 아래로 깊은 계곡물이 흐르고 있어 매복과 기습에 아주 용이합니다. 반드시 조령에 방어선을 마련해야 할 것입니다.”

“적이 우리보다 강하다고 어찌 그리 장담하십니까. 그들은 보병이고, 우리는 막강한 기마병입니다. 말씀은 참고하겠으나 어떻게 싸울지는 현지 사정을 보고 제가 판단하겠습니다.”

군기시軍器寺에 나각螺角 소리가 울려 퍼졌다. 휘날리는 깃발 아래로 창검과 기치를 세운 기마 군단이 위용스럽게 도열했다. 김여물과 장수들을 뒤에 세우고 신립은 말에 올라 늠름하게 외쳤다.

“위대한 조선의 군사들이여! 바다를 건너온 왜적들이 감히 우리 조선 군사의 무서움을 모르고 이 땅을 짓밟고 있다. 일찍이 우리는 북방을 횡행하던 여진족 오랑캐 일만 명을 추풍낙엽처럼 베어버렸지 않았는가! 이제 우리는 말을 돌려 남쪽을 구하고, 왜적들을 물리치려 한다. 자랑스러운 조선의 용사들이여! 가자! 가서 우리 부모와 자식, 형제를 유린하는 왜적들을 모조리 쓸어버리자!"

와아! 군사들의 함성과 호각 소리가 하늘을 찌를 듯 울렸다. 둥, 둥, 둥. 절도 있는 북소리에 맞춰 기마 부대가 도성을 빠져나갔다. 첫 번째 경군을 전쟁터로 떠나보내는 대신들과 백성들의 얼굴에는 오만 가지 기대와 염려가 뒤범벅되었다.

경군이 출발했다는 파발은 당도했지만 과연 언제 도착할지는 알 수 없어 경상감사 김수는 스스로 대책을 마련해야 했다.

모든 군사는 경상도 거점 대구로 집결하라.

공문을 돌리고 이틀이 지나지 않아 군관이 거친 숨을 내쉬며 돌아왔다. 수고했다는 말은 생략하고 바로 물었다.

"모든 고을의 수령들에게 공문을 돌렸느냐?"

"서쪽 모든 고을 수령과 장수들에게는 대구에 집결하여 한성에서 오는 경군을 기다리라 전했습니다. 헌데 왜놈들이 길을 가로막고 있어 동쪽 고을에는 미처 공문을 돌리지 못했습니다."

김수는 암담했다.

"경상우도와 좌도를 잇는 두 번째 방어선도 무너졌단 말인가. 대구에 경군은 도착했다더냐?"

"그게 아직……."

소서행장은 위로 올라갈수록 초조한 마음이 들었다. 아악, 비명 소리가 난무하고 순박한 백성들이 허무하게 도륙을 당해도 막아내는 관군이 없었다. 예상보다 빨리 진격할수록 마음은 심란해졌다. 병사들의 만행을 묵묵히 지켜보는 그에게 볏단 뒤에 숨어 있던 노인이 쇠스랑을 들고 달려들었지만 곧 피를 토하며 꼬꾸라졌다. 평의지가 노인의 등에서 칼을 뽑으며 쓸쓸하게 내뱉었다.

"이미 관군들은 모두 도망간 듯합니다. 관아가 텅 비었습니다."

소서행장은 한탄이 절로 나왔다.

"조선 조정에 줄을 댈 관리를 만나기가 이리 어려워서야……. 지체할 시간이 없다! 계속 진군한다!"

소서행장의 말이 앞으로 나가자 평의지와 군사들이 그 뒤를 따랐다. 남아 있는 것은 불타는 촌락과 참혹하게 널린 주검들뿐이었다.

달구벌 남쪽 벌판에 세워진 조선 군영 위로 봄비가 추적추적 내리기 시작했다. 수백 명의 군사들이 방패를 우산 삼아 웅크리고 앉아 있었다. 흠뻑 젖은 군사들은 굶주림과 불안에 휩싸여 초췌하기 그지없었다. 이천리가 다가와 아무에게나 물었다.

"경군은 언제 온답니까?"

"낸들 아나? 차라리 싸우든가, 아니면 도망을 가든가. 하루 이틀도 아니고 이게 뭔 짓인지."

군막을 젖히고 나온 수령이 큰 소리로 외쳤다.

"화병火兵은 대체 뭐 하느냐? 저녁때가 되면 밥을 지어야지!"

"쌀이 없는데 뭘로 밥을 짓습니까. 갖고 온 쌀은 벌써 동이 났습니다."

"뭐라고!"

수령이 당황해서 어쩔 줄 모를 때 전령이 황급히 달려왔다.

"나리! 왜군들이 청도 근처까지 침범했습니다!"

병사들이 웅성거리며 일어섰다. 청도는 하루면 올 수 있는 거리였다. 수령이 칼을 빼어 들고 단호하게 외쳤다.

"모두 듣거라! 군영을 이탈하는 자는 군율에 따라 즉시 목을 벨 것이다!"

그러나 다음 날 새벽 이천리가 눈을 떴을 때 병영에 남아 있는 사람은 수령과 자신 둘뿐이었다.

"싸울 군사가 없는데 낸들 어쩌겠노!"

장탄식을 발하고는 수령마저도 말에 올라 휭 도망치고 말았다. 모닥불을 피웠던 자리에는 비에 젖은 통나무들이 진한 연기를 내뿜었다. 곧 왜병 하나가 그 모닥불을 발로 짓이겼다. 주변을 정찰하고 돌아온 척후병이 소서행장에게 보고했다.

"완전히 비었습니다! 개미 새끼 한 마리도 없습니다."

소서행장과 평의지는 어이가 없었다. 부산진과 동래에서 저항이 있었을 뿐 대구에 이르는 동안 전투다운 전투 한 번 치르지 못했다. 조선의 방비가 허약할 것이라고 생각은 했으나 이렇게 엉터리일 줄은 예상하지 못했다. 어떻게 해서든 조선 조정과 연결해 전쟁을 확대하지 않으려는 소서행장은 이제 한성으로 곧장 진격해 조선 왕을 사로잡는 것 외에는 방법이 없다고 생각했다. 텅 빈 조선 군영을 응시하다가 명을 내렸다.

"계속 북상하라."

곤룡포를 벗어 던지고 침의寢衣만 입은 선조가 웩, 웩, 마른 구토를 했다. 약을 한 사발 힘겹게 마시고 흰 비단 수건으로 입을 막았다. 대신들이 그 모습을 안쓰럽게 지켜보았다.

"지, 지금 대구가 점령당했다 했소?"

"송구하옵니다, 전하."

"대체 이일 장군은 무얼 하고 있단 말인가!"

"지방의 군사를 모으며 가는 길이라 더딜 수밖에 없을 것이옵니다. 문제는 흩어진 군사들과 의병을 모아 힘을 결집해야 한다는 것이옵니다."

"어찌하면 되겠소?"

류성룡은 대책을 내놓았다.

"초유사招諭使와 안집사安集使를 파견하여 민심을 수습하고, 군사들을 모아 재정비하시옵소서."

"안집사로 누가 좋겠소?"

"첨지중추부사 김륵金玏이 영천 사람이니 경상도 백성의 사정을 잘 아옵니다. 경상좌도에는 김륵을 안집사로 임명하시옵소서."

"그리하시오."

"그리고…… 경상우도에는 전 경상우도 병마절도사 김성일을 초유사로 임명하심이……."

김성일의 이름이 나오자 선조는 몸을 부르르 떨었다.

"절대 아니 되오! 김성일은 이번 사태를 일으킨 원흉이오!"

"아뢰옵기 황송하오나 김성일에 대한 경상도 백성들의 신망이 두텁사옵니다. 김성일만큼 경상우도의 민심을 다독일 인물은 없사옵니다. 부디 헤아려주시옵소서. 김성일은 지금 경상도에 머물러 있고 누구보다 왜적의 동향을 잘 알고 있을 것이옵니다. 기회를 주신다면 목숨을 아끼지 않을 것이옵니다. 부디 가납하여주시옵소서."

선조는 속이 부글부글 끓어올랐지만 꾹 참았다. 김성일이 충직하고 능력 있는 신하임은 분명했다. 대구까지 함락된 마당에 과거의 잘못을 빌미로 인재를 썩힐 수는 없었다.

"그리하시오."

13.
한성을 내가 먼저
점령해야 한다

부산포 앞바다는 이제 왜국의 바다가 되었다. 수백 척의 왜선이 정박해 있음에도 파도를 헤치며 또 다른 수백 척이 몰려왔다. 살아남은 백성들은 겨우겨우 하루를 연명해가면서 그 가공할 모습에 입을 다물지 못했다. 누구랄 것도 없이 '한성이 곧 무너지겠구나' 생각했으나 차마 입을 열어 말하지는 않았다.

가등청정은 뱃머리에 서서 조선 땅을 노려보았다. 선봉은 빼앗겼지만 도성 점령과 조선 왕 생포는 결코 빼앗길 수 없었다. 야욕에 찬 눈빛이 빛날 때 부장 사야가와 고이치가 칼을 꼭 움켜잡았다. 그때 사야가의 눈이 파르르 떨리는 것을 본 사람은 아무도 없었다.

육지에 내린 가등청정은 마음이 다급했다. 군막 안으로 들어서자마자 조선 지도가 좍 펼쳐지고 부장들이 둘러섰다.

"고니시는 어디까지 올라갔느냐?"

"대구에서 상주尚州로 향하고 있다 합니다."

가등청정은 칼집으로 상주를 짚은 뒤 위로 죽 그었다.

"곧 충주에 닿겠군……. 그렇다면 지름길로 가야 고니시보다 먼저 충주에 도착한다는 얘긴데……. 사야가, 어떻게 생각하나?"

"경주慶州에서 곧바로 군위軍威를 거쳐 조령, 충주로 진격하는 것이 가장 빠른 길입니다."

"좋아. 당장 출발한다! 무슨 일이 있어도 반드시 고니시보다 먼저 한성을 점령해야 해. 알겠낫!"

"넷!"

모두가 결의에 찬 목소리로 대답했다. 해안가 앞바다를 가득 메운 일본 군선들은 무기와 군량을 내리느라 분주했다. 명호옥을 출발한 2진은 대마도를 거쳐 1592년 4월 19일 조선 땅으로 들어왔다. 가등청정이 이끄는 2군 2만 2800명은 부산에 닻을 내렸고, 3군 1만 1000명은 김해에 상륙했다. 부산에 교두보를 확보한 1군 소서행장이 대구를 거쳐 상주로 올라간 것과 달리 가등청정은 조총과 활 부대를 최전방에 배치한 기습 공격으로 경상도 동쪽인 울산, 경주, 영천을 유린하면서 북상했다. 김해에 상륙한 3군은 뒤이어 도

172

착한 4군 1만 4000명과 합류해 김해, 성주를 단숨에 점령하고 곧 한성으로 진로를 바꾸었다. 조선에 출정한 부대는 모두 9군, 15만 8000여 명이었다.

왜군들이 한성까지 진격하는 길에 걸림돌은 하나도 없었다. 몇 몇 고을에서 조선 병사들이 힘을 다해 싸웠지만 그 어느 곳에서도 왜군을 이기지 못했다. 총칼에 쓰러지고, 마을은 불타고, 농부들은 죽고, 부녀자들은 겁탈당하고, 식량은 모두 강탈당했다. 소서행장의 1군과 달리 가등청정의 2군은 잔인하기 이를 데 없었다. 장수임에도 불구하고 가등청정은 온몸에 피칠갑을 한 채 백성들을 무자비하게 학살했다. 애초에 경상 수군이 왜선들을 막았다면 이러한 참상은 없었을 것이다. 그러나 수군은 초전에 박살이 나고 말았다.

휘날리는 대장기 아래에 선 이일은 상주를 지키지 못하면 도성이 함락되는 것은 시간문제임을 잘 알고 있었다. 상주를 지나면 충주이고, 충주를 통과하면 이천이나 여주를 짓밟고 곧장 한성으로 들어갈 것이었다. 조선의 존망이 위급한데도 훈련을 받는 병사들은 엉성하기 짝이 없었다. 북과 징 소리에 맞춰 움직이지만 군사들은 누가 보아도 어설펐다. 이일은 한숨이 절로 나왔다.

"아무리 급조해 모은 군사들이긴 해도 참으로 오합지졸이 따로 없구나."

"왜적과 싸우겠다고 나와준 것만도 감지덕지할 일입니다."

소나무 뒤에 숨어 훈련 모습을 살펴보던 왜군 척후병이 몸을 숙이고는 슬슬 기어서 숲을 빠져나갔다. 주도면밀한 이일조차 척후병이 있으리라고는 생각하지 못했다. 척후병은 득달같이 소서행장에게 달려갔다.

"관아 근처 들판에서 군사들을 훈련시키고 있습니다."

"들판이라? 우리가 가까이 온 줄 모르나 보군. 이번 전투에서 조선 장수를 반드시 생포해야 한다. 그래야 조선 왕에게 이 고니시의 뜻을 전할 수 있을 테니까."

"넷! 그런데 지금 가토의 2군이 경주를 함락하고 충주를 향해 북진하고 있답니다."

"예상보다 빠르군."

"이러다가 가토에게 선수를 뺏길 수도 있습니다."

"절대 그럴 일은 없을 거야."

소나무 뒤에 숨어서 살펴보던 나무꾼의 눈이 등잔 만하게 커졌다. 왜적이 올라온다는 소문은 들었지만 벌써 이렇게 가까이 왔을 줄은 전혀 몰랐다. 슬렁슬렁 기어 숲을 빠져나와 군영으로 달음박질쳤다. 몰래 척후병을 보내 조선군의 동태를 파악한 소서행장조차 자신이 염탐되고 있다는 사실은 알지 못했다.

"이보게들 왜적이 벌써 들이닥쳤네. 내일이면 이곳이 쑥대밭이 될 걸세."

나무꾼의 호들갑에 이일의 군영은 술렁거렸다.

"도망쳐야 하지 않을까?"

"설마 벌써 이곳까지 들이닥쳤을라고?"

병사들이 겁에 질려 도망가야 할지 싸워야 할지 전전긍긍할 때 군관의 거친 손이 나무꾼의 뒷덜미를 움켜잡았다.

"이놈, 당장 입을 멈추거라."

이일은 왜적이 코앞에 당도했다는 말이 믿기지 않았다.

"네놈은 거짓 소문으로 군영을 어지럽히는 간자렷다!"

"간자라니요! 천부당만부당한 말씀입니다요."

"왜놈들이 열흘 만에 상주까지 올라오다니, 등에 날개라도 달았단 말이냣!"

"정말입니다. 적이 하루면 올 거리에 있습니다. 제 말이 참인지 거짓인지 하, 하루만 기다려주십시오."

"좋다. 왜놈들이 내일 나타나지 않으면 네 목을 벨 것이다."

다음 날 아침, 햇살이 떠올라 따사롭게 비출 때까지 상주 벌판은 평화로웠다. 이일은 나무꾼을 군영 한가운데 무릎 꿇렸다.

"이놈! 하루가 지나지 않았느냐!"

"억울합니다. 소인은 장군께 도움을 주려 했던 것뿐입니다."

"간자다. 베라! 이놈 때문에 병사들이 겁을 먹고 술렁이지 않느냐! 어서 참하라!"

군관이 긴 칼을 들어 나무꾼의 목을 단칼에 벴다. 분수처럼 피를 쏟아내며 목이 땅으로 떨어지는 순간 어디에선가 탕, 소리가 침묵을 깼다. 모두 어리둥절할 때 탕, 탕, 탕, 소리가 연이어 들렸다.

"왜적이닷!"

군영은 순식간에 아수라장이 되었다. 사방에서 조총 소리와 징소리, 북소리가 귀를 때렸다. 왜적들이 숲을 까맣게 뒤덮으면서 파도처럼 밀려왔다. 총에 맞아 쓰러진 병사를 짓밟고 도망치는 병사들 위로 총탄이 난무했다.

"도망가지 마라!"

칼을 빼어 들며 이일은 거세게 외쳤지만 탕 소리와 함께 이일의 투구가 하늘로 날아갔다.

"아이쿠야."

이일은 머리를 땅에 박고 네 발로 기어서 줄행랑을 쳤다.

패전 급보는 선조를 더욱 절망으로 몰아넣었다.

"이일이 패했다고?"

앞에 늘어선 류성룡, 이산해, 이원익, 이덕형은 자신이 패장이라도 되는 듯 고개를 들지 못했다. 선조는 장계를 구기며 신음을 내뱉었다.

"이제 신립 장군만 남은 것인가. 신립마저 패하면……. 그다음은 내 목에 칼이 들어오는 것인가?"

"전하, 그 무슨 망극한 말씀이옵니까. 신립 장군이 조령에서 반드시 왜적을 막아낼 것이옵니다."

"왜변이 나지 않을 거라는 김성일의 말을 믿었고, 그대들의 말을 믿었고, 이일을 믿었소. 헌데…… 믿었던 결과가 이것이오. 천하의 신립 장군이라고는 하나 왜적을 막는다고 어찌 장담할 수 있겠소."

"참으로 참담한 상황이오나 아직은 희망을 놓을 때가 아니옵니다. 북방의 군사들이 내려올 것이옵니다. 부디 성심을 굳건히 하시옵소서."

"도대체 언제! 언제 군사들이 내려온단 말이오! 왜적들이 도성에 들어오고 나서요? 과인이 죽고 나서요? 하긴, 어느 군사가, 어느 백성이 이 우매하고 덕 없는 과인을 위해 싸워주겠소. 당해도 쌉니다. 당해도 싸요."

늘어선 모두가 허리를 굽혔다.

"전하, 신들을 죽여주시옵소서!"

선조가 이맛살을 찌푸리자 류성룡이 비장하게 앞으로 나섰다.

"전하! 세자를 세우시옵소서."

모두 경악해서 류성룡을 보았다. 선조는 흠칫했다. 전쟁 대책을 논하다가 갑자기 세자를 세우라는 주청을 하다니! 선조는 머리가 어지러워졌다.

"세자를 세워 왕실의 건재함을 만방에 알리시고, 민심을 새로이 하시어, 군사들과 백성들이 전하와 세자를 중심으로 하나가 되어 왜적과 맞서게 하시옵소서."

이산해는 난감해하다가 류성룡의 주청에 힘을 실어주었다.

"나라가 위급할 때는 반드시 국본을 세워두어야 하는 법. 신 또한 지금이 때가 아닌가 사료되옵니다."

"하긴 과인이 어찌 될지 모르는 일이지. 좋소! 누가 세자로 적합한지 논의하시오. 허나 이는 명나라 황실의 뜻을 받은 것도 아니고 환란을 극복하기 위한 임시방편이니 대통을 이을 세자는 훗날 다시 논의할 것이오!"

임해군은 왕이 될 수 있는 자리를 마다했다. 중전 박씨의 처소에서 그 뜻을 분명히 밝혔다.

"저는 싫습니다. 전란 중에 세자가 되면 전하를 대신해 죽을 수도 있고, 볼모가 될 수도 있는 일 아닙니까."

중전은 엉뚱한 이유를 대는 임해군을 달랬다.

"그 또한 세자라는 자리가 감당해야 할 일이다."

"이런 시기에 이런 식으로 세자가 되는 건 정말 싫습니다! 차라리 신성군을 시키라 하십시오!"

임해군은 제 할 말만 하고는 벌떡 일어나 밖으로 나가버렸다. 중전은 혀를 끌끌 찼다.

"언제 철이 들꼬."

이번에는 광해군이 중전을 달래야 할 처지였다.

"송구하옵니다, 중전마마. 전하께서 신성군을 아끼시니 자식들 중 가장 소원한 저를 세자로 세우시겠지요."

"만약 광해 너를 세자로 세운다면 그게 어찌 소원해서겠느냐……. 이 어려운 시국에 왕을 보필할 가장 믿음직한 왕자라서가 아니겠느냐. 사내대장부로 태어나 한 목숨 나라와 백성을 위해 초개와 같이 내던지는 것도 나쁘지 않다. 이 어미가 광해 너와 함께할 것이니 너무 서운해하지 말거라."

상주에 진을 친 소서행장은 충주를 공략할 작전과 더불어 은밀하게 조선과 협상할 작전도 세우려 했다. 충주는 칼 한 번 휘두르면 무너뜨릴 수 있으나 강화 협상은 쉽지 않은 일이었다. 평의지가 좋은 계책을 냈다.

"포로 중에 일본말을 하는 역관이 있습니다. 일찍이 제가 조선에 사신으로 왔을 때 선위사宣慰使로 나온 이덕형이라는 신하가 있습니다. 그의 장인이 영의정 이산해입니다."

"영의정? 이덕형을 통해 조선 왕과 대화할 수 있는 물꼬를 트게 하자? 좋아. 그 역관을 보내서 이덕형을 이곳으로 오라고 하게."

경응순景應舜은 한시도 쉬지 않고 말을 달려 도성에 도착했다. 일찍이 배워둔 왜국 말이 백성을 처참한 도륙에서 구해낼 수 있는 수단이 되리라고는 한 번도 생각해본 적이 없었다. 그런데 자신에게 막중한 임무가 주어진 것이다.

선조는 긴가민가했다.

"강화 협상을 하자?"

"그렇사옵니다. 강화 협상을 할 뜻이 있다면 신을 충주로 보내달라 했사옵니다."

이덕형의 말에 선조는 고심이 더 깊어졌다. 대신을 함부로 적진에 보낼 수는 없었다. 이산해도 그 점을 염려했다.

"우리의 마음을 놓게 하려는 함정일지도 모르옵니다."

하지만 류성룡은 협상을 받아들이자는 편이었다.

"협상을 하는 동안 우리의 군사를 재정비할 수 있사옵니다."

이덕형이 호기롭게 말했다.

"전하, 신이 가겠사옵니다."

"다시 못 돌아오는 길이 될 수도 있소."

"영상 대감의 말처럼 함정일지도 모르나, 좌상 대감의 말처럼

적의 진군을 잠시 멈추게 할 수 있사옵니다. 지금 우리에게 필요한
것은 군을 재정비하기 위한 시간이옵니다. 그 시간을 벌 수만 있다
면 백 번, 아니 천 번을 못 가겠나이까. 윤허해주시옵소서.”

14.
아! 탄금대의 비극

신립은 자신의 어깨가 무거운 것을 잘 알고 있었다. 그만큼 자신감도 있었다. 저만치 탄금대彈琴臺가 보이는 벌판에 진을 치고 병졸들의 훈련을 게을리하지 않았다. 군영 지휘부 막사에서 지도를 보며 적병의 진입로를 예측하고 있을 때 김여물과 이일이 들어왔다. 두 사람의 몰골은 형편없었다. 살아 돌아온 것만으로 다행이었다. 신립은 이일의 손을 꼭 잡았다.

"죽은 줄로만 알았는데……. 이렇게 살아 있어 천행입니다."

"패장에게 무슨 변명이 용납되겠습니까마는 전장에서 싸우다 죽고 싶어 염치 무릅쓰고 왔습니다."

"잘 왔어요! 함께 힘을 모아 왜놈들을 박살 내야지요! 저들의 병력과 화력은 어떠오?"

대답을 하려다가 이일은 고개를 갸웃했다.

"그보다 먼저 궁금한 것이 있습니다. 왜 난공불락인 조령을 놔두고 허허벌판인 이곳에 진영을 꾸린 것입니까."

"조령에 진영을 꾸리긴 했었소. 하지만 상주가 떨어졌다는 소식을 듣고, 결국은 우리가 왜적과 결전을 치러야 할 거란 생각이 들었소. 우리는 기마군이고, 적은 보병이니 산세가 험한 조령보다 평야에서 치르는 전투가 유리하지 않겠소?"

"적이 보병이긴 하나 모두 조총을 가지고 있습니다. 백오십 척 밖에 있는 사람까지도 쏘아 죽일 수 있어요."

"하하! 화살은 천 척 밖의 사람까지도 쏘아 죽일 수 있소. 더욱이 조총은 한 번 쏘고 장전하는 데 한참이 걸리지 않소."

"모르는 말씀입니다. 조총을 연속으로 발사하면 화살보다 더 위력적입니다. 제 말을 가볍게 여기시면 아니 됩니다."

"……."

처음 듣는 소리에 신립이 망설이자 김여물이 거들었다.

"지금이라도 조령으로 진영을 옮기시지요."

"우리 군사들은 이곳으로 내려오면서 모은 군사들이라, 매복이나 기습과 같은 복잡한 작전을 행하기 어렵다는 걸 모르는가! 게다가 적은 지금쯤 상주를 거쳐 조령을 넘어오고 있을지도 모르는데,

언제 매복을 시킨단 말이며, 만약 적들이 조령을 피해 우회해 빠져 나가기라도 한다면 어찌할 것인가! 결국 적들이 우릴 피해갈 수 없 는 곳은 이곳 탄금대뿐이다! 남한강을 등에 지고 배수진을 쳐 정면 승부를 해야 해!"

"장군, 승산이 있겠습니까? 이곳에서 지면 바로 한성입니다."

"우리 기마군은 나와 평생을 함께해온 천하제일의 기마군이오! 적들의 총과 창이 이르지 못하는 기동력과 힘을 지니고 있소! 두고 보시오. 왜적들은 저 말발굽 아래에서 시산혈해를 이루게 될 것이 오!"

그 시각, 왜 1군은 조령을 손쉽게 건넜다. 소서행장은 척후병을 보내 조령을 샅샅이 뒤졌으나 매복병은 없었다. 무장으로서 이해 할 수 없는 조선의 전략이었다. 하지만 끊임없이 지세를 살피며 조 심스레 앞으로 나아갔다. 끝내 매복병은 나타나지 않았다.

"조선군이 이곳에 매복하고 있었다면 꼼짝없이 당할 뻔했어."

평의지가 혀를 끌끌 찼다.

"참으로 어리석은 자들 아닙니까."

탄금대를 뒤로하고 벌판에 진을 친 조선 부대가 저 멀리 보였 다. 신립은 까맣게 밀려오는 왜적들을 보며 밥 한 그릇 먹을 시간 이면 충분하다고 생각했다. 소서행장은 진군을 멈추고 조선병들을 보았다. 자못 기세가 등등했다.

"조선군은 총 8천 정도 되며, 그중 기마병은 3천입니다."

평의지가 보고하자 소서행장은 가만히 미소를 지었다.

"만만치 않기는 해도 이제야 전투다운 전투를 해보는 건가? 부대를 나누어 적의 중앙과 좌우를 공격하는 게 좋겠군. 내가 중앙을 맡고 자네가 좌익을 맡게. 마츠라 시게노부가 우익을 맡는다."

평의지와 송포진신(마츠라 시게노부)이 동시에 대답했다.

"네, 장군!"

신립은 말에 앉아 처음 맞닥뜨리는 왜 대군을 바라보았다. 일찍이 상대했던 여진족보다 그 위세와 진용이 훨씬 뛰어났다.

"만 오천은 족히 되어 보이는군. 그대가 왜장이라면 어떤 전술을 쓰겠는가?"

김여물의 입에서 즉각 답변이 나왔다.

"병력이 우세하니 부대를 나누어 중앙과 좌우를 노릴 것입니다."

"그렇지. 나도 같은 생각이네. 우리 생각대로 적의 병력이 나뉘면 좋겠군. 그리되면 우리 기마군이 대군을 상대하는 것보단 훨씬 좋거든."

그러나 이일은 불안감이 가시지 않았다.

"조총 부대는 어찌 경계하실 겁니까?"

"말들의 간격을 최대한 벌려 총탄을 피해서 달리고, 조총의 사정거리가 안 되는 곳에서 화살로 적을 먼저 분산시켜야 할 것이오. 조령을 막는 방법, 한강 방어선으로 이동하는 방법 등 여러 가지를 생각했소만, 다들 무모하다 여기는 이곳을 전장으로 결심한 이유가 뭔지 아시오?"

"⋯⋯?"

"적들은 부산포에 상륙한 이후, 그야말로 파죽지세로 거침없이 올라왔소. 그 때문에 우리 군사들은 적들이 마치 도깨비나 되는 것처럼 겁을 먹고 싸우기도 전에 도망치지 않았소. 이럴 때 적의 기세를 막고 조선 전체의 사기를 살릴 수 있는 건, 정면승부로 승리하는 길밖에 없소. 그리고 행여⋯⋯ 행여 패배한다 해도⋯⋯ 최소한 적들 또한 5할 이상의 타격을 입게 될 것이오. 허면 한강에서 방어하기는 그만큼 수월해질 테니, 결코 의미가 없는 것은 아니오."

백전노장 신립은 말을 마치고 비장하게 김여물과 이일을 바라보았다.

"우리⋯⋯ 장부답게 이 전장에 뼈를 묻읍시다."

"기꺼이 장군을 따르겠습니다."

"나라와 백성을 위해 목숨을 바칠 준비가 되어 있습니다."

소서행장이 오른손을 들어 올렸다.

"진군하라!"

왜군들이 대오를 갖추고 서서히 앞으로 밀려오자 신립은 칼을 빼어 들어 하늘 높이 휘둘렀다.

"전군 돌격!"

춘사월 봄바람이 살랑거리는 탄금대 벌판, 왜군들이 세 갈래로 나뉘어 신립 진영을 향해 괴성을 내지르며 돌진했다. 조선군 역시 기마군을 필두로 왜군을 향해 내달렸다.

그 시각 선조는 오금이 저려 잠시도 가만히 있질 못했다. 침전과 근정전을 오가며 내시들을 닦달했다.

"아직 소식 없느냐?"

"네, 아직······."

전투 소식이 궁금한 사람이 어찌 선조뿐일까? 조선의 모든 신하들과 백성들이 탄금대에서 승전 소식이 전해지기만을 고대하고 있었다. 선조는 용상에 앉아 있다가 벌떡 일어서 소리쳤다.

"어서 나가서 전황을 알아보거라. 냉큼 알아보란 말이다!"

서둘러 나가는 이봉정의 뒷모습을 바라보는 선조의 얼굴에 긴장과 수심이 가득했다. 그런 선조를 보는 류성룡, 이산해, 이원익, 김응남의 얼굴에도 초조한 빛이 가시질 않았다.

"신립 장군이 제발 막아내야 할 텐데……."

이원익이 간절하게 말하자 이산해는 그다음을 걱정했다.

"북쪽 군영에서는 군사를 모아 보낸다는 소식이 없습니까?"

병조를 맡은 김응남이 송구하다는 표정으로 답했다.

"네……. 왜적이 강성하다는 소식을 들은 군관들과 군사들이 주저하는 모양입니다."

"만약 충주가 무너지면…… 도성을 방어할 대책은 세웠습니까?"

류성룡은 한숨을 내쉬었다.

"비변사에서 대책을 강구하고 있으나…… 신립 장군이 데리고 간 경군을 제하면 남은 군사가 5천도 채 안 됩니다."

"5천이라……. 어떡해서든 신립 장군이 이겨야 할 텐데……."

신립은 칼을 크게 휘둘렀다. 왜적 두 명이 짚단처럼 쓰러지자 발로 힘껏 차버리고는 다시 칼을 치켜들고 앞으로 달려 나갔다. 발밑에 널브러진 시체들은 왜적보다 조선병이 훨씬 더 많았다.

"와!"

왜적들은 소리를 내지르며 신립을 목표로 달려왔다. 절벽 끝까지 밀려난 신립은 마지막 힘을 다해 칼을 휘둘렀다. 갑옷은 갈기갈기 찢겨나가고 온몸은 피투성이였다. 그 옆에서 김여물이 필사적으로 왜적들의 목을 벴지만 끝없이 밀려오는 대군에 차츰차츰 뒤로 밀려났다. 그때 왜적들의 한가운데가 갈라지더니 말을 탄 장수가 나타났다. 신립은 첫눈에 그가 소서행장임을 알아봤다. 옆에서 거치적거리는 왜병 서너 명을 벤 후 신립은 칼을 그에게 겨누었다.

"네놈이 장수라면 지켜보지만 말고 직접 나서거라!"

소서행장은 신립을 그윽하게 바라보다가 오른손을 들었다. 조총 부대가 앞으로 나서며 총을 겨누었다. 자신을 조준하는 수많은 총구를 보면서 신립은 이제 때가 왔음을 깨달았다. 고개를 돌리자 피투성이가 된 김여물이 칼을 쥐고 비장하게 왜적들을 노려보았다.

"여기까진가⋯⋯. 죽더라도 우리 몸을 적들에게 줄 순 없지. 그렇지 않은가?"

김여물은 자랑스러운 미소를 지으며 고개를 끄덕였다. 그 눈동자에 설핏 이슬이 맺히는 듯했다. 타타탁. 조총의 심지가 타들어 갈 때 신립은 몸을 돌렸다. 그리고 탄금대 아래 거칠게 물결치는 남한강으로 뛰어내렸다. 꽝, 꽝, 꽝! 조총이 발사될 때 김여물 역시 남한강으로 아무런 미련 없이 뛰어내렸다. 바람 한 줄기가 불어 붉은 꽃잎 두어 송이가 그 물결 위로 떨어졌다. 시퍼런 강물은 두 사람을 삼키고는 아무런 일도 없었다는 듯 동쪽으로 잔잔히 흘러 갔다. 소서행장은 절벽 끝까지 다가와 강을 내려다보았다.

"훌륭한 장수였다. 이기긴 했지만 아군의 피해가 너무 컸어. 전열을 정비하고 아군의 피해 상황을 보고하라."

1592년 4월 28일, 삼도순변사 신립은 탄금대 전투에서 순국했다. 기마군을 이용해 네 차례에 걸쳐 왜군을 격퇴했지만 결국 강변의 습지대가 기마병의 발목을 잡으며 전세가 역전되고 말았다. 김여물과 충주목사 이종장李宗張이 마지막까지 용전분투했으나 8천 명의 조선 병사와 함께 끝내 장렬한 최후를 맞았다. 이일은 서너 명의 병사들을 데리고 산길로 도주해 질긴 목숨을 부지했다.

충주를 향해 부랴부랴 북상하는 가등청정 앞에 전령이 급하게 보고했다.

"고니시 장군이 이끄는 1군이 탄금대에서 조선군을 전멸시켰습니다."

가등청정은 깜짝 놀랐다.

"뭐야! 아직 해도 저물지 않았는데, 벌써 전투가 끝났단 말이냐? 고니시 이 녀석, 내가 합류해 공을 세울까 봐 사력을 다했구면."

"1군의 피해도 만만치 않습니다. 8천 명 이상의 사상자가 났습니다."

찌푸려진 얼굴을 활짝 펴고 가등청정은 하핫 웃었다.

"그래? 하하하! 고니시 부대도 거덜 났구먼! 그래 가지고 이겼다고 할 수 있느냔 말이야! 그놈 표정이 참으로 궁금하구먼. 태합 전하가 옳았어, 하하하!"

패전 소식은 득달같이 궁으로 전해졌다.

"전멸…… 전멸이라고 했느냐……?"

선조의 손이 부들부들 떨렸다. 늘어선 신하들 중에는 다리에 힘이 풀려 주저앉으려는 사람도 있었다.

"이를 어찌하면 좋습니까?"

누군가의 한탄에 대답하는 사람은 아무도 없었다.

"신립 장군이 하루도…… 하루도 못 버티다니……. 이게 말이, 말이 되는 소린가!"

선조는 겁에 질린 얼굴로 신하들을 살피다가 입을 열었다.

"일이 이 지경이 되었는데…… 이제 한성이라고 무사하겠소? 아무래도 파천을 준비해야 하지 않겠소?"

모두가 경악해서 눈만 둥그렇게 떴다. 류성룡은 눈을 질끈 감았다. 이원익이 가장 먼저 반대했다.

"파천이라니요. 신립 장군이 아무리 참패했다고는 하나 왜적은 아직 충주에 있습니다. 도성까지 오려면 시일이 걸리니 군사를 모아 도성 방비를 도모해야 합니다."

김응남도 반대했다.

"파천은 쉬운 일이나 다시 돌아오기란 매우 어렵사옵니다. 신중하셔야 하옵니다."

이산해는 그 반대에 반대했다.

"파천을 해야 합니다! 충주에서 한성까지 350립니다. 부산포에서 충주까지 전투를 치르면서 보름 만에 올라온 적들입니다. 이제 한성으로 올라오는 동안 우리 군사도 없기에 사흘 안에 들이닥치고 말 거예요! 도성에 남은 군사도 5천이 채 되지 않는데 어찌 방비를 한단 말이오!"

류성룡이 그 의견을 나무랐다.

"사흘은 짧은 시일이 아닙니다! 북쪽 군영의 군사들이 내려올 수 있는 시일이고, 군역을 받았던 백성들을 동원해 군사를 채우고 대비할 수 있는 충분한 시일입니다! 전하께서 수성의 의지를 보이시는 것과 그렇지 않은 것은 도망가고 흩어진 군사와 백성이 다시 하나로 모이느냐 마느냐 하는 중대한 차이를 가져옵니다. 관민을 하나로 모아 최선을 다해보지도 않고 파천하면 관민을 다시 모으기 어렵사옵니다. 부디 통촉하여주시옵소서!"

선조는 떨떠름하게 류성룡을 바라보았다.

"글쎄……. 과인이 수성의 의지를 보인다 해서 흩어진 군사와 백성들이 이 나라를 구하기 위해 다시 모일까? 나는 그리 생각지 않소! 그처럼 애국심과 의지가 있었던 군사와 백성들이었다면 애초부터 도망가지 않고 싸웠을 것 아니오!"

"송상현이나 정발, 신립 같은 장수가 있었고, 그들과 함께 적을 막다가 쓰러진 관민들도 많았지 않사옵니까!"

"그건 알지만……. 그들 말고 또 누가 있었소? 동래성이 무너진 이후 왜적이 코앞까지 올 동안 어떤 군사와 백성들이 나라를 위해 발 벗고 나섰는가 말이오! 나도 파천이 죽기보다 싫소. 어떤 임금이 궁궐을 버리고, 도성을 버리고, 백성을 버렸다는 오명을 남기고 싶겠소! 내가 파천을 하는 것이 아니라 도망간 군사들과 백성들이 임금과 도성을 버린 것이란 말이오!"

과격한 말에 모든 신하의 얼굴이 하얗게 질렸다.

"그동안 대신들이 나라를 위해 무엇을 했소? 제대로 된 것이 무엇이 있느냔 말이오! 통신사를 보내 왜적을 제대로 살피지도 못했고, 명에 주청사를 보내 오해만 받았고, 폐지하지 않고 그대로 둔 수군은 왜적의 배를 한 척도 막아내지 못했소! 그러고도 내가 신하들의 허망한 말을 믿어야 하는가!"

모두 머리만 조아릴 뿐 대꾸하는 신하는 한 명도 없었다.

"나는 도성을 버리려는 것이 아니다! 조선 팔도를 구하기 위해 잠시 도성을 떠나 전력을 재정비하겠다는데 어찌 그게 잘못되었다는 것인가! 그대들은 허망하고 이상적인 논리로 과인에게 도성을 수성하라 하지만, 전쟁은 왕이 잡히면 모든 것이 끝난다는 걸, 다시 반격할 기회도 사라진다는 걸, 정녕 모른단 말인가! 비변사에서는 당장 파천 준비를 하라!"

15.
광해는 세자에 오르고,
선조는 도망치다

어전에서 물러나 비변사에 모인 대신들은 누구랄 것도 없이 참담한 표정을 감추지 못했다. 파천에 반대하든 찬동하든 파천이라는 말 자체가 참담한 것이었다. 영의정으로서 이산해는 대신들을 꾸짖듯 말했다.

"전하께서 그토록 반격을 위한 파천이라 하셨는데, 아직도 따르지 못하겠다는 것이오? 과거 고려 때 공민왕도 홍건적의 난을 피해 안동으로 파천했다가 난을 진압한 다음 도성으로 돌아온 일이 있습니다. 잠시 피했다가 반격을 노리는 것이 최선임을 어찌 그리도 모르는 겁니까!"

류성룡이 반박했다.

"홍건적이 도성을 점령하고 국토를 유린하는 동안 국운이 쇠퇴해 결국 고려 왕조가 무너졌음을 모르고 하는 말씀이십니까?"

"지금 그 말은 파천하면 결국 조선이 망한다는 뜻이오?"

"민심이 등을 돌리는 것입니다! 제가 파천을 마냥 반대하는 것이 아닙니다. 주상께서 최소한 수성하려는 의지를 보여야 이후에 반격을 하더라도 백성들을 모을 수 있습니다. 수성하려는 의지도 보이지 않고 사흘 걸리는 거리에 있는 적이 두려워 미리 파천을 한다는 것은 옳지 않습니다! 처음부터 이리 허망하게 도망가면, 그 이후는 어찌 감당하려 이러십니까? 왜적이 300리 밖에 있는데도 이러한데, 황해도로 가면 다시 평안도로 피할 것이요, 또 평안도로 가면 함경도로 피할 것이겠지요. 그럼, 함경도에서는 어디로 피한단 말입니까! 반격의 기회를 찾는다는 명분으로…… 나라까지 버리게 될까 걱정입니다!"

몇몇은 그 말이 옳다 싶고, 몇몇은 그 말이 터무니없다 싶으면서도 입을 여는 대신은 아무도 없었다. 소문이 퍼지자 왕실 종친들이 대궐로 몰려들었다.

"전하! 한성을 버리시면 아니 되옵니다!"

"종묘사직을 어찌 버리신다는 것이옵니까. 절대 아니 되옵니다!"

가슴이 미어지는 오열과 통곡이 경복궁 담장을 넘어 선조의 귀까지 들릴 리 없건만 선조는 괴로움에 가슴을 쥐어뜯었다. 종친들의 피 끓는 주청이 한성 하늘을 울릴 때 백성들은 벌써 피난 짐을 싸기 시작했다. 새끼 돼지나 솥단지는 내버려두고 당장 입을 옷과 금붙이 몇 개를 싸서 머리에 이고 지고 무악재를 지나 벽제관을 향해 허위허위 떠났다. 그러나 임금을 믿는 백성들이 더 많았다. 설마 한 나라의 임금이 도성을 버릴까? 이런 마음으로 남기도 했다. 또 어느 곳으로 피난을 간들 죽음을 피할 수 있을까? 이런 처연한 심정으로 주저앉은 사람도 많았다.

"저곳이 충주성입니다."

가등청정은 부관이 가리키는 성을 불쾌한 기분으로 살폈다.

"제법 위용이 있구나."

그때 저 앞에서 장수 한 명이 허겁지겁 말을 달려왔다. 먼발치에서도 온몸이 피투성이라는 것을 알 수 있었다. 장수는 가등청정 앞에 멈추기도 전에 소리를 질렀다.

"자, 장군님!"

"무슨 일이냐!"

"서, 선봉장 사야가가 군사를 이끌고 도, 도망쳤습니다."

"뭐야! 대체 왜?"

"조, 조선까지 끌려와 죽을 수는 없다며……."

장수는 말을 끝맺지 못하고 피를 울컥 토하며 앞으로 꼬꾸라졌다. 그 등에 칼이 꽂혀 있었다. 칼을 뽑으며 고이치가 미간을 찌푸렸다.

"아무래도 조선에 투항하려는 듯싶습니다."

"당장 추격 준비해!"

"장군! 사야가를 쫓으면 한성 입성은 고니시 장군에게 빼앗기게 됩니다."

가등청정은 순간 머리끝까지 화가 치밀었다.

"이런 망할 놈의 사야가! 내 반드시 목을 베어주지……. 사야가가 도망쳤다는 것은 고니시가 모르게 입단속 시켜!"

소서행장은 썩 흡족하지 못했다. 충주성을 함락해 한성으로 치고 올라갈 수 있는 교두보를 마련했지만, 잃은 병사가 너무 많았다. 평의지의 말이 우울함을 더해주었다.

"아군의 피해가 너무 컸습니다. 만약 한성에서 조선군의 저항이 거세면 도성 함락이 쉽지 않을 것입니다."

"그렇겠지. 그래도 일단 한성까지는 가볼 수밖에……. 판단은 그곳에서 한다."

그때 요란한 갑옷 소리를 내며 가등청정이 군막 안으로 쓰윽 들어왔다. 그 뒤를 부장 서너 명이 따랐다.

"어이 고니시!"

소서행장은 짐짓 거만하면서도 의기양양한 웃음을 지었다.

"왔는가? 여기까지 뒤따라오느라 고생 많았네. 좀 쉬지 않고."

"뭐? 따라와? 이곳까지 먼저 도착한 건 어디까지나 네가 선봉대로 먼저 출발했기 때문이야. 그리고 참, 아군을 절반이나 희생시킨 승전을 진심으로 축하하네. 태합 전하도 이 보고를 받으시면 아주, 아주, 기뻐하실 거야. 하하하!"

소서행장은 날카롭게 쏘아보다가 호탕한 웃음을 날렸다.

"하하! 나도 자네에게 축하할 일이 있지. 사야가 놈이 도망쳤다 하더군. 조선군에 투항할 것이라던데? 그 소식도 태합 전하께서 아주 좋아하실 거야!"

두 사람의 눈에서 불꽃이 튀었다. 안절부절못하는 평의지가 끼어들었다.

"지금 이러실 경황이 없습니다. 어찌 됐든 우리가 연전연승했고, 이제 한성이 바로 코앞입니다. 조선 왕을 사로잡아야 하지 않겠습니까?"

그 말에 두 사람은 동시에 탁자 위의 조선 지도로 눈을 돌렸다. 평의지가 재빨리 가리키는 지도에는 두 갈래 길이 선명하게 표시되어 있었다. 파란색 길은 음성陰城, 죽산竹山, 용인龍仁을 지나 한성으로 들어가는 길이었고, 빨간색 길은 여주驪州, 양근楊根을 거쳐 한성으로 입성하는 길이었다.

"여주, 양근을 거치는 길은 조금 더 돌아가게 됩니다."

소서행장은 잠깐 생각하다가 답을 내렸다.

"한시가 급하니 음성, 죽산, 용인 길로 올라간다. 내일 아침 묘
시卯時(아침 5~7시)에 1군과 2군이 함께 출발한다!"

가등청정이 쾌히 응낙했다.

"좋아! 고니시, 네 부대에는 부상병들이 많으니 부지런히 가야
할 것이야."

비웃음을 남기고 가등청정이 밖으로 나가자 현소가 걱정스레
물었다.

"가토가 먼저 한성에 입성하면 어쩌려고……."

소서행장은 이미 계략을 세워놓았다.

"절대 그리 둘 수 없지. 요시토시, 부상당한 군사들과 내가 이곳
에 남아 가토의 눈을 속일 테니 너는 선봉대를 이끌고 지금 당장
한성으로 진군하라!"

탄금대의 비극은 왜군과 풍신수길에게는 더할 나위 없이 좋은
승전보였다. 등불이 휘황하게 밤을 밝히는 황금 다실에서 풍신수
길은 함박만 하게 벌어진 입을 다물 줄 몰랐다.

"뭐라? 벌써 충주가 무너졌다고?"

"아마 지금쯤은 한성을 향하고 있을 것입니다."

석전삼성의 말에 풍신수길은 파안대소했다.

"하하! 이런 행보라면 2, 3일이면 한성을 점령하겠구먼! 한 달도 안 돼 조선을 먹는 거야? 으하하하! 조선 정도로는 아직 내 배가 차질 않아. 명나라가 남았잖아. 축하는 그때 받도록 하지. 하하하."

"우리가 조선을 점령하고 나면 어떤 정책을 시행할지 생각해두셔야 합니다."

신중한 전전리가 풍신수길의 흥분을 가라앉혔다.

"그렇지, 그렇지! 일단 조선 왕을 잡으면 어떻게 할까? 그냥 죽일까?"

"안 됩니다. 그리하면 조선 백성들의 반발이 심해지고 향후 명나라를 치는 데 도움이 되질 않습니다. 되도록 달래는 것이 좋습니다."

"그런가? 나를 무서워하는 게 낫지 않을까?"

"조선 왕에게는 차라리 간닝분撰忍分을 주시지요."

"간닝분? 주군으로서 조선 왕에게 녹을 주자고? 음, 그게 좋겠군. 조선이 내 땅이 되면 조선 왕도 내 영주 중 한 사람이니까."

"또 점령지에서 우리 군사들이 난폭하게 백성들을 괴롭히는 일이 없도록 해서 인심을 얻어야 합니다."

"너무 착한 척하는 건 아닌가? 먼 바닷길 넘어 조선까지 가서 목숨 걸고 싸운 병사들에게 무언가 떨어지는 것이 있어야 할 게 아니냐!"

"조선의 미천한 백성들을 잘 달래야 한성에 태합 전하를 위한 웅장한 거처를 지을 수 있습니다. 평화로운 날 가끔 건너가 쉬실 수 있도록 말입니다."

풍신수길의 눈이 반짝 빛났다.

"하하하. 그거 좋지. 그래, 한성에 오사카성에 버금가는 성을 하나 짓자고! 하하하!"

풍신수길의 야욕을 알아채기나 한 것처럼 한성의 백성들은 밤낮으로 성을 빠져나가 북쪽으로 올라갔다. 후궁 김씨의 오빠 김공량이 선조를 은밀히 찾아갔다.

"왜적이 곧 도성으로 들이닥칠 거라는 소문 때문에 피난 가는 백성들이 점점 늘어나고 있습니다. 왕실과 도성을 방비하던 내삼청內三廳과 오위伍衛의 군사들마저 속속 이탈하고 있사옵니다."

선조는 믿을 수 없었다.

"벌써 1천여 명 이상의 병사가 도망가고 없다 합니다."

"남은 5천 명 중에서 1천여 명이나 도망갔다면…… 대체 도성은 어쩌란 말인가?"

김공량은 목소리를 낮추었다.

"북쪽 군영의 군사들도 내려온다 장담하기 힘듭니다. 내려온다 해도 시일이 얼마나 걸릴지 모르는 상황에서 도성을 방비할 군사마저 도망치는 실정이니……. 이 상태로는 도성 수비를 하려 해도 군사를 꾸릴 수 없습니다. 그러니 도성을 수비하라 명하시면, 대신들 또한 자연 실상을 알고 파천할 수밖에 없음을 깨달을 것입니다. 그리되면 대신들도 전하께서 먼저 도성을 버렸다는 소릴 결코 입에 담지 못할 것이옵니다. 그리고 믿을 만한 신하 두 사람을 평안도와 황해도로 보내 인심을 수습하고 전하의 어가를 영접하도록 준비시키시옵소서."

선조는 어둠 속에서 한 줄기 빛을 찾은 것 같았다. 대신들이 모이자 자못 진중하게 명을 내렸다.

"경들의 뜻대로 파천을 하지 않고 도성을 사수하겠소! 이곳에서 종묘사직을 지킬 것이니, 그대들은 도성을 고수할 준비를 철저히 해주시오! 만약 방어를 하지 못한다면 그 책임을 면키 어렵소!"

이산해는 납득할 수 없었지만 류성룡과 김응남은 곧장 머리를 맞대고 방비 대책을 숙의했다. 그러나 군기고 앞에는 버려진 무기들과 군복들이 가득했고, 그나마 남아 있는 병사들의 태반은 겁에 질려 있었다. 저잣거리는 피난을 떠나는 백성들로 낮에는 흙먼지가 흩날렸고, 밤이면 횃불들이 줄을 이었다. 김응남은 아무리 고심해도 답이 나오지 않았다.

"한성을 둘러싼 성은 약 70리이며, 성첩은 3만 개입니다. 성첩 한 곳에 활을 쏘는 사수와 예비 사수 1명씩, 2명을 둔다면, 모두 6만의 군사가 필요합니다."

"지금 모은 군사는 몇 명인가?"

"도망간 군사가 많아 4천 5백밖에 안 됩니다."

"한강을 잘 이용한다면 원군이 올 때까지 버틸 수 있네. 적들에 겐 강을 건널 배가 없을 테니 비록 우리 군사의 수가 적지만 한강에서 끝까지 막아내야 하네."

류성룡과 김응남이 한강을 어떻게 사수할 것인지 밤늦게까지 논의할 때 선조는 이원익을 은밀히 불렀다.

"우리가 도성을 지킬 수 있다고 보시오?"

"어려울 듯싶습니다."

"허면, 과인은 이곳에서 죽어야겠지요?"

"어찌 그런 망극한 말씀을 하시옵니까! 전하께옵선 반드시 왜적을 막아내고 다시 태평성대를 이루실 것이옵니다."

"다시 태평성대를 이룰 수 있도록 과인을 좀 도와주겠소?"

"무엇이든 하명만 하시옵소서."

"최흥원崔興源과 함께 평안도와 황해도로 먼저 가서 과인의 어가를 영접할 수 있도록 민심을 수습해주시오."

이원익의 얼굴에 경련이 일었다. 하지만 신하로서 임금의 청을 내칠 수 없었다.

"그리…… 하겠습니다."

그날 밤 이원익이 아무도 모르게 성을 빠져나갈 때 전라도에서 급보가 올라왔다.

"전라순찰사 이광李洸이 근왕병勤王兵을 모집해 도성으로 출발했다는 장계가 당도했습니다. 근왕병이 도착할 때까지 버티면 되옵니다."

선조는 마뜩잖았다. 이미 이원익을 평안도로 보낸 마당에 근왕병을 믿고 기다릴 수는 없었다.

"대체 그 근왕병은 언제 도착한단 말이오? 적은 이미 충주에서 올라오고 있는데, 전라도에서 출발한 근왕병이 왜적을 앞지를 수 있단 말이오? 도성에서 싸워 모든 게 불타고 백성들이 죽는 것보다 도성을 일단 비웠다가 성한 모습으로 다시 찾는 것이 낫지 않겠소? 이제 그만 현실을 인정하는 것이 어떻소?"

아무도 대답을 하지 못했다. 선조는 그럴 줄 알았다는 듯 얼굴을 일그러뜨리고는 단호하게 소리쳤다.

"파천하겠소!"

류성룡이 격하게 반대했다.

"몽진은 아니 되옵니다! 전하께서 도성을 버리시면 그 누가 목숨 바쳐 도성을 사수하겠나이까! 도성을 떠나면 나라 전체를 잃을 수 있습니다."

선조는 그 간언은 이제 너무 지겹다는 듯 아무런 대꾸도 하지 않다가 불쑥 엉뚱한 말을 꺼냈다.

"지금 즉시 광해군을 세자로 책봉할 것이오. 또한 임해군과 순화군을 각각 함경도와 강원도로 보내 근왕병을 모집하고 과인이 파천 중에도 왜적과 결사 항전하고 있음을 백성들에게 알리도록 할 것이오. 지금 당장 파천을 준비하시오."

동궁 앞에서 세자 즉위식이 열렸다. 조선이 개국한 이래 15번째 열리는 세자 즉위식은 허겁지겁 열려 가장 초라했다. 광해군은 예복도 아닌 평복 차림으로 선 채 거의 울상이었다. 그 모습을 보는 선조와 문무백관, 임해군, 신성군의 얼굴도 침울하기 그지없었다. 궁궐 한 모퉁이에서 조용히 지켜보는 중전의 마음에는 오만 가지 상념이 교차했다. 예조판서가 목소리를 높였다.

"국궁鞠躬."

모두 고개를 숙였다.

"배拜."

모두 절을 할 때 여기저기서 울음소리가 터졌다.

"흥興."

모두 무릎 꿇은 채 몸을 일으켰다.

"평신平身."

모두 허리를 세웠다. 영의정 이산해가 감축을 드렸다.

"세자 저하, 하례드리나이다. 부디 주상 전하를 도와 국난을 극복하시고 태평성대를 이루시어 만백성을 평안케 하여주소서."

신하들이 절을 마치자 광해군은 무겁게 입을 열었다.

"한없이 미흡한 제가 부중치원負重致遠하게 되었으니 마음이 참으로 무겁습니다. 허나 한낱 짐승도 곤경에 빠지면 죽을힘을 다해 싸우는 법입니다. 나라가 큰 곤경에 처한 지금 일국의 세자가 되어 짐승보다 부족해서야 되겠습니까. 이 한 몸 온전히 나라의 위기를 극복하는 데 던질 것이니 그대들이 이끌어주시길 바랍니다."

"망극하옵니다, 저하."

소리가 궁에 울려 퍼질 때 류성룡은 착잡했고, 중전은 눈물을 훔쳤고, 임해군은 앙앙불락이었고, 선조는 무덤덤했다. 선조는 머릿속으로 누구를 발탁해야 할지 고심하다 두 사람을 떠올렸다.

"전 호조판서 윤두수와 전 도승지 이항복 들었사옵니다."

이봉정의 말에 선조는 벌떡 일어섰다. 정철과 함께 파직됐던 윤두수와 이항복이 침통하면서도 비장하게 들어왔다.

"전하! 나라의 위기를 막지 못한 신들을 죽여주시옵소서."

"죽여주시옵소서……."

선조는 눈시울이 붉어졌지만 눈물을 애써 참았다.

"과인이 참으로 염치가 없소. 왜적의 침입이 있을 거라는 그대들의 말을 들었더라면 파천과 같은 참담한 일은 없었을 것을……. 일이 이 지경에 이르러서야 비로소 그대들의 선견지명을 깨닫게 되었으니 과인의 죄가 참으로 큽니다."

"아니옵니다. 소인배들이 전하의 눈과 귀를 막았는데, 그것이 어찌 전하의 잘못이겠사옵니까! 죄인들을 논죄하자면 백일 밤낮도 모자랄 것이옵니다. 허나, 지금은 나라의 존망이 걸린 위급한 시절이오니 위기를 수습하는 것이 급선무이옵니다. 부디 성심을 굳건히 하시옵소서!"

선조는 윤두수의 말에 고개를 끄덕였다.

"그럴 것입니다. 그러니 경이 곁에서 과인을 보필해주세요. 지금 과인 곁에 경만 한 사람이 없습니다."

"심려 마시옵소서. 전하의 명이라면 신은 죽음도 마다하지 않을 것입니다."

"정말 고맙습니다. 내 경을 어영대장御營大將으로 임명할 것이니, 몽진 가는 어가의 호종을 책임져주시오."

"신 윤두수, 전하의 명을 받들겠사옵니다."

선조는 적이 안심되는 표정으로 이제 이항복을 보았다.

"도승지도 다시 복귀해서 예전처럼 과인의 손과 발이 되어주시오. 그동안 도승지가 곁에 없어 참으로 답답했습니다."

"성은이 망극하옵니다, 전하!"

궁은 혼란에 빠졌다. 상궁과 나인이 다급히 뛰어다니고 내관은 짐을 싸느라 정신이 없었다. 장롱에서 귀중품만 꺼내 보따리에 마구 쑤셔 넣었다. 눈물을 흘리는 사람, 호들갑을 떠는 사람, 쭈그리고 앉아 한숨만 내쉬는 사람, 쌌던 보따리를 다시 풀고 또다시 동여매는 사람들을 지나쳐 윤두수는 근정전 앞으로 갔다. 칼과 창을 든 호위 군사들이 어정쩡하게 모여 있었다.

"어가를 호위할 군사가 이것밖에 안 된단 말이냐!"

호통 끝에 돌아온 대답은 윤두수를 암담하게 했다.

"밤을 틈타 군사들이 죄 도망쳤습니다요."

묘시에 진군하자던 왜병들은 아침밥을 먹고 무장을 단단히 갖추느라 해가 중천에 뜰 때까지 충주성에서 떠나지 못했다. 이제 이곳을 출발하면 한성까지 거센 저항은 없을 것이지만 한성 싸움은 가장 큰 전투가 될 수 있었다. 소서행장은 흥인문을 손가락으로 짚었다.

"이곳이 내가 통과할 흥인문이란 말이지?"

"그렇습니다. 한성의 동쪽 문입니다."

지도를 현소에게 건네주며 일어서려 할 때 송포진신이 다급히 들어왔다.

"가토 장군이 이미 한 시진 전에 출발했다 합니다."

"얍삽한 놈! 내 그럴 줄 알았지. 후후. 우리 1진이 새벽에 출발한 것은 들키지 않았겠지?"

"넷!"

현소가 궁금한 표정으로 물었다.

"한성에서 조선 왕이 항복이나 협상에 응하지 않고 마지막까지 저항하면 어찌하실 겁니까?"

"전쟁을 빨리 끝내는 것이 목적이니 백성들이 조선 왕을 어찌 생각하느냐에 달려 있지 않겠소."

"백성들이 왕을 따르면 설득하고, 따르지 않으면 죽여서 오히려 백성들의 환심을 사겠다는 말씀입니까?"

"그것이 조선 백성들의 반발을 잠재우는 일 아니겠소."

"조선 왕의 운명이 백성들에게 달렸군요. 나무 관세음보살."

남한강 줄기를 따라 벌써 소태_{蘇台}까지 이른 가등청정은 기고만장해서 너털웃음을 터트렸다.

"하하하. 지금쯤이면 우리가 먼저 출발한 것을 고니시도 알았겠군. 약이 바싹 오른 고니시의 표정을 직접 봤어야 하는데……. 이대로 가면 한성에는 언제 도착하겠나?"

"1군과 비슷한 5월 3일에 도착합니다."

"그래? 그럴 순 없지. 우린 하루 앞당겨 5월 2일에 도착한다."

"무립니다. 상륙하고 지금까지 한시도 쉬지 않고 진군한 터라 다들 쓰러지기 일보 직전입니다."

가등청정은 얄궂은 웃음을 지었다.

"알고 있어. 내 말은 고니시보다 조선 왕을 먼저 잡기만 하면 된다는 거야. 우리가 먼저 조선 왕을 잡고 태합 전하께 올리는 보고서에 한성 입성 날짜를 5월 2일로 올리면 되는 거야."

그때 저 앞에서 척후병이 말을 타고 달려왔다.

"여주까지 조선병은 보이지 않습니다. 고니시 부대가 지금 막 출발했는데…… 새벽에 이미 선발대가 한성으로 떠났다 합니다."

가등청정의 눈에서 살기가 번쩍였다.

"뭐야! 고니시, 이 죽일 놈!"

죽음이 눈앞에 닥쳐온 사람은 소서행장뿐만이 아닐 것이었다. 선조가 쓰디쓴 약을 한 사발 마시는 모습을 보면서 윤두수는 안쓰러운 듯 말했다.

"심허증이 심해지셨습니다. 성심을 편히 하시옵소서."

"꿈자리가 사나워 밤에 잠을 이룰 수 없어요. 왜놈들이 당장이라도 들이닥칠 것 같은 것이……. 파천 준비를 서둘러주시오."

"네, 전하."

선조는 약사발을 내려놓으며 물었다.

"어가가 나가면 한성 수비는 누가 맡습니까?"

"유도대장留都大將은 변언수邊彦琇가 맡게 될 것이옵니다."

"류성룡에게 유도대장을 맡기시오. 도성을 지키자고 가장 강력하게 주장한 류성룡이 유도대장으로 적합하지 않겠소? 정승 한 사람쯤은 도성을 지켜야지."

"…… 알겠사옵니다."

윤두수가 황망히 밖으로 나가자 이항복이 신중하게 말했다.

"류성룡을 한성에 남겨두어선 아니 됩니다. 적이 이리도 빨리 올라올 줄 그 누가 예상했겠사옵니까! 적은 우리 생각보다 훨씬 강합니다. 우리 군사들만으로는 적을 물리치기 힘들지도 모르옵니다. 허면, 그다음 방책이 무엇이겠사옵니까."

"그다음? 무엇이오?"

"명나라에 원군을 요청하는 일이옵니다. 또한 몽진이 계속되어 국경까지 이르면 강 하나를 두고 바로 옆이 명나라입니다. 그때는 분명 명나라와 교섭하는 일이 많을 것이옵니다."

선조는 갈등이 일었다. 이항복은 기회를 놓치지 않았다.

"생각해보시옵소서. 류성룡은 지난 기사년己巳年(1569)에 명에 사신으로 가 그곳 조정 중신들과 매우 돈독한 신뢰를 쌓았습니다.

하오니 명과의 교섭을 할 인물로 류성룡만 한 사람이 없사옵니다. 전하를 호종케 하시옵소서. 분명 큰 도움이 될 것이옵니다."

선조의 얼굴이 일그러질 때 이봉정이 다급히 들어와 장계를 올렸다.

"탄금대 전투에서 살아남은 순변사 이일이 보낸 장계이옵니다. 하루 이틀이면 왜군이 한성으로 들어온다 하옵니다."

선조는 떨리는 손으로 장계를 펴서 대충 훑어보고 다 읽기도 전에 명을 내렸다.

"어영대장 윤두수를 들라 하라. 당장 떠날 것이다! 유도대장을 우의정 이양원李陽元으로 교체하고……. 류성룡에게 가서 전하라. 과인이 기다린다고!"

그 명이 떨어지기 무섭게 갑자기 밤하늘에 쫘꽝 번개가 치면서 천둥이 울렸다. 곧 굵은 장대비가 쏟아지기 시작했다. 궁궐의 신하들과 군관들, 수많은 상궁, 나인, 시종들은 혼비백산한 채 발만 동동 굴렀다.

새벽녘, 융복戎服을 입은 선조는 텅 빈 편전을 허망한 눈으로 바라보았다. 참았던 눈물이 볼을 타고 흘러내렸다. 왕 13명 중에서 곤룡포가 아닌 융복을 입은 왕은 자신이 처음이었으며, 몽진을 하는 왕도 자신이 처음이었다. 후대의 사가들이 이균李鈞(혹은 이연)을 어떤 왕으로 기록할 것인지 생각하니 한편으로는 부끄럽고, 한편으로는 분노가 끓어올랐다.

"전하! 차비가 다 끝났사옵니다."

세상을 삼킬 듯 장대비가 쏟아질 때 왕을 실은 어가가 궐 밖으로 나왔다. 윤두수는 군사들을 이끌고 앞뒤에서 왕을 호위했다. 뒤를 따르는 중전 박씨와 광해군, 귀인 김씨와 신성군…… 꺼질 듯한 등롱으로 길을 잡는 내관과 상궁, 나인들의 눈에서 하염없이 눈물이 흘러내려 비와 뒤섞였다. 이산해, 류성룡, 이항복의 눈에서도 분루가 그치지 않았다. 어가는 채 열 걸음도 가기 전에 몰려든 백성들 때문에 멈춰 서야 했다. 쏟아지는 비를 다 맞으며 백성들이 통곡했다.

"상감마마! 우릴 버리지 마시옵소서!"

군사들이 일제히 칼을 빼어 들어 겨누었다. 그러나 백성들의 통곡과 거센 항의는 멈추지 않았다.

"나라가 우릴 버리면 누굴 믿고 살란 말입니까. 전하, 백성들을 버리지 마시옵소서."

선조는 붉어진 눈으로 그들을 보다가 입을 열었다.

"…… 과인이 형세가 급박하여 당장은 이곳을 비우지만, 반드시 돌아올 것이다."

"언제 말씀입니까? 우리가 다 죽은 후에 말씀입니까요? 못 갑니다! 못 간다고요!"

214

백성들의 목소리가 거세지자 윤두수가 칼을 빼들었다.

"멈춰라! 어가를 막는 자 목을 벨 것이다!"

군사들은 칼을 휘둘러 백성들을 쫓아냈다. 그 광경을 보는 신하들의 마음은 모두 참담했다. 쫓겨난 백성들은 비가 내리는데도 횃불을 밝히고 갑자기 궁궐을 향해 달려가기 시작했다. 주인이 떠난 경복궁은 텅 빈 집이 되어 노략질하기에 안성맞춤이었다. 성난 백성들은 이리 떼처럼 궁궐로 몰려가 곳곳을 뒤져 조금이라도 값이 나가는 물건은 모조리 훔쳐냈다. 임금이 살던 궁궐, 고관대작들이 백성과 나라를 위해 밤낮으로 일했던 곳이라는 생각은 조금도 들지 않았다. 자신들을 버리고 도망친 사람의 집이었다.

"모조리 태워버리자!"

"썩어빠진 임금의 집에 불과하다고!"

횃불이 던져지자 마침 때를 맞춰 비가 멈추었다. 궁은 활활 타올랐다. 미처 떠나지 못한 상궁과 나인이 발을 동동 구르며 통곡할 때 새빨간 불과 검붉은 연기가 하늘로 치솟았다.

"장예원掌隸院으로 가자."

횃불을 든 성난 백성들이 노비 문서가 보관돼 있는 장예원으로 몰려갔다. 횃불을 던지자 문서들은 활활 타올랐다. 때는 임진년 4월 30일 새벽이었다. 왜군이 조선을 침범하고 불과 보름 만에 임금은 백성을 버렸고, 궁은 불에 타버렸다. 선조는 북쪽으로 허위허위

길을 떠나다가 문득 뒤를 돌아보았다. 검붉은 연기가 하늘에 자욱했다.

"궐에 불이 난 것이 아니냐!"

류성룡은 어쩌면 그럴 것이라 생각하면서도 굳이 아니라고 답했다.

"궐이 아니라 남대문의 창고 같사옵니다."

"아니야, 아냐. 자세히 보거라. 궁궐이야. 설마 왜군이 벌써 도성에 들어온 건 아니겠지? 도대체 저 불이 무엇이란 말이냐?"

더 이상 속일 수 없어 이봉정이 이실직고했다.

"성난 백성들이 궁을 노략질하고 불을 놓았다 하옵니다."

"뭐라? 백성들이! 어찌 이럴 수 있단 말이냐! 백성들이 아니라 폭도들이구나!"

선조가 가슴을 쥐고 고통스러워하자 류성룡은 자신도 모르게 눈물을 흘렸다.

'백성들이 궁궐을 불태우는 것인가. 나라를 불태우는 것인가. 백성들이 기어코 왕과 무능한 신하, 양반들을 활활 불태워버리는 것인가.'

16.
명과 조선은
모두 형편없는 나라

"빨리 수라상을 준비하라. 몽진 길에 주상 전하가 지금껏 아무 것도 못 드셨다."

어가 행렬이 벽제관碧蹄館에 이르자 그나마 한숨 돌린 윤두수는 파주목사 허진許晋을 닦달했다.

"미리 연락 받고 벌써 상을 봐두었습니다."

안도하는 두 사람 앞으로 부엌에서 갑자기 하인들이 뛰쳐나와 달음박질쳤다. 손에 움켜쥔 밥과 음식을 보는 순간 허진은 눈앞이 하얘졌다. 황급히 부엌으로 가자 상 위에는 빈 그릇과 숟가락만 덩그러니 있을 뿐 먹을 것이라고는 아무것도 없었다. 내팽개쳐진 밥 그릇이 여기저기에 나뒹굴었다. 윤두수는 마치 조선의 모습을 보는 것 같아 참담한 한숨이 절로 나왔다.

"어서 다시 수라상을 차려라."

허진은 난감한 얼굴로 뒷덜미만 긁었다.

"대감……. 그게…… 난리 중에 어렵게 구한 음식들이라 남은 것이 없습니다."

"그렇다고 어전에 빈 상을 들일 것인가? 무엇이든 구해보라."

거의 울상인 허진은 하인 두엇을 데리고 밖으로 나가 한참이나 지난 후 먹을 것을 구해 왔다. 잡곡밥과 간장, 장아찌가 올려진 밥상을 선조 앞에 놓으며 윤두수는 차라리 죽고 싶은 마음이었다. 그래도 선조는 숟가락을 들어 밥 한 술을 떴다. 그러나 목이 메어 숟가락을 놓고 말았다.

"과인은 밥 먹을 자격이 없소."

"그 무슨 황망한 말씀이옵니까. 힘을 내시옵소서."

"종묘사직을 지키지 못하고, 백성들을 지키지 못했소. 그러자 백성들은 궐을 태웠소. 백성들에게 버림받은 임금이…… 무슨 염치로 살겠다고 밥을 넘길 수 있겠습니까."

"종묘사직은 다시 세우면 되고, 민심은 다시 돌리면 되는 일이옵니다. 전쟁은 지금부터이옵니다. 하실 일이 태산같이 쌓여 있사옵니다. 억지로라도 한술 뜨시고 기운을 차리시옵소서."

선조는 그 말이 맞다 싶어 억지로 숟가락을 들어 한술 뜨려다

기어이 눈물을 쏟아냈다. 그 모습에 윤두수와 이봉정도 눈물을 주르르 쏟아냈다. 섬돌 아래 앉아 한숨을 돌리는 류성룡 앞으로 주먹밥 하나가 불쑥 들어왔다. 신명철이 측은한 눈길로 류성룡을 일별하며 거친 주먹밥을 건넸다.

"드십시오, 대감. 아직 갈 길이 멉니다그려."

갈 길이 먼 것은 풍신수길도 마찬가지였다. 예상보다 빨리 한성을 점령하고 조선 왕을 사로잡을 것이 분명했지만, 그것은 풍신수길의 최종 목표가 아니었다. 애초 조선은 일본의 상대가 되지 못하리라 예측했다. 정작 문제는 명나라였다. 풍신수길의 원대한 꿈은 명을 차지하는 것이었다. 명과 조선, 일본, 여송, 섬라가 그려진 세력도를 탐욕스러운 눈으로 바라볼 때 석전삼성이 들어왔다.

"명나라에서 몽고족 발배勃拜란 자가 반란을 일으켰다 합니다."

풍신수길의 앞길을 더욱 화창하게 만들어주는 소식이었다.

"오! 그래? 그거 참 반가운 소식이구먼. 반란을 일으킨 지역이 어디야?"

석전삼성이 명나라 서북부를 손가락으로 짚었다.

"이곳 녕하寧河라는 곳입니다."

"조선과 멀리 떨어져 있군. 반란 규모가 아주 커야 좋을 텐데, 어느 정도 규모야?"

"수십만 규모이고, 조정에서 보낸 군사들이 연전연패를 당하고 있답니다."

"하하하! 좋아! 땅덩이만 컸다 뿐이지 이런 형편없는 나라를 내가 못 먹는다면 말이 안 되지. 그렇지 않나?"

"넷! 그렇습니다."

"조선을 먹고 나면 말이야. 명나라로 가는 진로를 정해야 하는데, 어찌 생각하느냐?"

석전삼성은 지도를 골똘히 바라보다가 계책을 말했다.

"조선 도성에서 군사와 군량을 제물포濟物浦로 옮긴 후 군선으로 건너가면 됩니다."

전전리가는 그 계책이 마음에 들지 않았다.

"아닙니다. 명나라는 반란군과 싸우고 있습니다. 더욱 정신없게 만들려면, 해상과 육로를 동시에 이용하는 양동작전이 낫습니다. 지금 조선의 위쪽인 요동은 거의 명나라의 힘이 미치지 못하고 있으니 조선만 정복하면, 곧바로 요동을 거쳐 명나라 도성 북경으로 치고 갈 수 있습니다."

풍신수길은 무릎을 딱 쳤다.

"오호!"

"단 걱정이 하나 있습니다. 이 요동을 실제로 지배하고 있는 여진족의 존잽니다. 지금 부족이 나뉘어져 있긴 하지만…… 그중에

누르하치라는 자가 이끄는 부족은 상당히 강성한 군사력을 지녔다 합니다. 어쩌면 큰 걸림돌이 될 수도 있습니다."

그러나 풍신수길은 조금도 걱정되지 않았다.

"만약 여진족과 싸우게 될 일이 있으면…… 조선군을 앞세우면 될 것 아닌가. 하하하! 조선은 여러모로 쓰임새가 많아서 좋아. 하 하하!"

그 요사한 웃음이 대판성을 울릴 때 초라한 몽진 행렬은 천천히 북으로 이어졌다.

"이놈들! 게 서지 못하겠느냐!"

윤두수가 벽력같이 소릴 질렀지만 호위 군사 두 명은 멈추지 않았다. 창을 내던지고 뒤도 돌아보지 않고 짐승처럼 산길로 도망쳤다. 어가 행렬은 궁을 떠날 때보다 반이나 줄었고, 도망치는 호위 군사를 붙잡으러 갈 신하도, 군관도, 시종도 없었다. 선조는 그들의 뒷모습을 흘깃 보고 입술만 깨물었다. 밥다운 밥 한번 먹지 못하고 임진강 나루에 도착하자 벌써 밤이 되었다.

"전하, 승선 준비를 마쳤습니다. 배에 오르시지요."

선조는 차마 떨어지지 않는 발을 한 발 내딛다가 뒤돌아보았다. 광해와 신성, 비빈들과 신하들이 추레하게 서서 자신을 처연하게 보고 있었다. 선조는 발을 거두고는 류성룡에게 다가가 두 손을 꼭 잡았다.

"그대가 항상 경계하라 일렀는데…… 내가 그 말을 따르지 않아 이 지경에 이르고 말았소. 과인이 죽어 어찌 선왕을 뵐 것인가."

선조의 두 눈에 눈물이 흘러내렸다. 그 눈물은 곧 통곡으로 변했다. 어두운 임진강 강가에서 임금도 울고, 류성룡도 울고, 중전도 울고, 세자도 울고, 군관들도 울었다. 물결이 찰랑이는 나룻가에서 노를 잡고 기다리던 사공이 그 모습을 물끄러미 보다가 한마디 내뱉었다.

"나라 꼴, 잘 돌아가는구나."

임진강을 건넌 어가 행렬은 장단長湍을 거쳐 5월 2일, 개성부開城府에 도착했다. 고려의 궁궐이었던 황성皇城에 자리를 잡자마자 선조는 한성 소식부터 물었다.

"도성의 유도대장에게서 올라온 장계는 없느냐?"

"한강에서 왜적을 막겠다 하였으니 오늘내일 장계가 올 것이옵니다."

이산해가 송구한 듯 보고하자 윤두수가 노려보았다.

"일을 이 지경으로 만들었으면, 직접 도성에 남아 적을 막아야지! 양심도 없습니다그려!"

기가 막힌 이산해가 입을 열려 하자 선조가 미간을 찌푸렸다.

"그만들 하시오. 왜군이 벌써 도성에 들어왔다면 이곳도 안전치 못할 텐데."

"전하. 개성은 한성과 달리 아직 인심이 흩어지지 않았사옵니다. 개성을 사수하여 군력을 재정비하셔야 하옵니다. 더 이상 물러난다면 도성을 탈환하는 일 또한 어려워질 수 있사옵니다."

"영상의 의견은 어떻소?"

"개성은 고려 왕조의 도읍지였사옵니다. 산이 성벽처럼 방어하고 있어 요새와 같은 곳이긴 합니다."

윤두수는 이산해를 한 번 더 노려보고는 주청했다.

"이참에 개성을 사수하겠노라 널리 알리시지요. 개성의 인심이 아직 흩어지지 않았다고 하나 전하께서 한성을 떠난 일로 개성의 백성들 또한 전하께서 다시 떠나실까 노심초사하는 마음이 없지 않사옵니다. 개성 거리에 방을 붙여 백성들의 의심을 불식하여주시옵소서."

"그리하시오."

개성 거리 곳곳에 진서眞書(한문)와 언문으로 쓰인 방이 나붙었다. 백성들이 우르르 몰려들어 방을 읽었다.

"뭐라고 쓰여 있나?"

"하여튼 무식하기는. 언문도 모르냐! 뭐라고 쓰여 있냐면……
'과인은 개성에서 민관들의 힘을 모아 적을 물리칠 것이다.' 아주 간단하구먼."

"임금께서 개성을 지키시겠다고?"

"그럼 피난을 가지 않아도 되겠네그려."

"정말 그럴까? 임금을 믿어도 될까?"

백성들이 '임금을 믿어도 된다', '여기가 마지막 행재소行在所다', '관군이 왜적을 물리칠 것이다', '지금이라도 피난길에 올라야 한다' 등 시끄럽게 소동을 벌일 때 이항복이 선조 앞에 두루마리가 담긴 시탁을 올렸다.

"이게 무엇이냐?"

"영의정 이산해가 파천을 주장하여 나라를 망쳐놓았으니 삭탈관직하라는 대사간과 대사헌의 상소이옵니다."

선조는 기가 막혔다. 도성을 떠난 것도 비참한 일이고, 고려의 옛 궁궐에 행재소를 차린 것도 부끄러운 일인데, 사흘도 지나지 않아 권력 다툼이 벌어진 것이다.

"어찌 오늘날의 사태가 이산해 한 사람의 죄란 말인가. 모두를 들라 하라. 내 시시비비를 명확히 가릴 것이니."

이항복이 황황히 나가자 선조는 씁쓸함을 감출 수 없으면서도 분노가 치솟았다.

"이산해가 아니라 파천을 행한 나에게 죄를 묻고 싶은 것이겠지. 내가 죄인이 되어 평생 신하들에게 끌려다니게 생겼구나."

분노의 눈길이 날카롭게 변했다. 대신들이 들어와 부복하자 선조는 언짢은 얼굴로 상소문을 보란 듯 내밀었다.

"나라를 그르친 게 어찌 영상만의 책임이겠소? 애초에 전쟁이 있을 것이라고 모두들 뜻을 모았다면 대비를 했을 것이고, 대비를 했으면 오늘과 같이 몽진을 떠나지 않았을 것 아닙니까! 영의정 이산해의 죄를 묻는다면, 조정의 대신으로서 류성룡에게도 그 죄를 물어야 공평한 것 아니겠소!"

모두들 흠칫했으나 선조는 단호히 하명했다.

"영의정 이산해와 함께 좌의정 류성룡 또한 파직하라!"

명이 떨어지기도 전에 류성룡이 엎드려 절했다.

"전하! 성은이 망극하옵니다!"

성은? 선조는 자신의 귀를 의심했다. 힘겹게 개성까지 왕을 호위해 온 대신을 파직했는데 성은이 망극하다고? 왜적을 향한 분노가 류성룡에게 향했다. 피가 역류하는 듯한 분노였다.

"뭐라? 지금 과인을 놀리는 것인가!"

"죄인 류성룡, 나라를 이 지경으로 만든 대죄를 짓고 어찌 재상의 자리에 앉아 있을 수 있겠습니까? 다행히 전하께서 신의 죄를 물어 파직하시니 황송할 따름이옵니다."

선조는 그 말이 맞다 싶으면서도 자격지심때문에 얼굴이 빨갛게 달아올랐다.

"허면, 과인 또한 이 자리에 앉아 있을 자격이 없다?"

윤두수가 재빨리 끼어들었다.

"전하, 어찌 그런 망극한 말씀을 하시옵니까!"

"아니오. 류성룡의 말은 지금 과인이 나라를 이 지경으로 만들어놓고 어찌 뻔뻔하게 이 자리에 앉아 있느냐며 비아냥거리는 겁니다!"

류성룡은 담담하게 그 말을 받았다.

"신은 그저 스스로 부끄럽고 죄스러워 그런 것이옵니다. 어찌 전하께 망령된 마음을 품을 수 있겠습니까."

"아니야, 아니야. 그래. 내 당장 세자에게 양위라도 할까? 그럼 백성들도 아주 좋아하겠지. 그렇지 않은가!"

급기야 윤두수가 야단치듯 선조를 달랬다.

"나라의 존망이 전하께 달렸사옵니다. 성심을 굳건히 하시어 백성의 힘을 하나로 모아도 부족할 이때 어찌 그리 나약한 말씀을 하시옵니까! 선대왕들께서 지켜보고 계시옵니다!"

그제야 선조는 정신을 차리고 깊은 숨을 연거푸 들이마셨다.

"꼴도 보기 싫소. 당장 물러가시오."

류성룡이 물러가자 윤두수가 강경하게 주청했다.

"영의정 이산해는 나라의 수상으로 그 죄가 누구와도 비견할 수 없을 정도로 큽니다. 삭탈관직하고 유배를 보내야 하옵니다!"

이산해가 깜짝 놀라 눈을 크게 떴지만 이항복이 재차 간했다.

"대간들 또한 모두 그리 주청하고 있습니다."

선조는 머뭇거리다가 입을 떼었다.

"그리하라."

변명조차 제대로 못 하고 눈 깜빡할 새에 관직을 잃은 이산해는 밖으로 나와 하늘을 올려다보았다. 5월의 하늘은 맑기 그지없었으나 마음은 어느 때보다 어두웠다. 류성룡이 다가와 그 손을 꼭 잡았다. 이산해는 허허로운 웃음이 나왔다.

"죄인이니 파직은 당연한 것이지만, 이 국난을 극복하는 데 티끌만큼이라도 일조할 기회를 갖지 못한다는 게 한스러울 뿐이오."

"목숨만 붙어 있다면 기회가 없겠습니까?"

두 대신을 물리친 선조는 윤두수를 믿음직하게 보며 간곡히 당부했다.

"이젠 경이 좌의정을 맡으시오."

"신 윤두수, 전하께서 다시 도성으로 환도하실 때까지 이 한 몸 바치겠사옵니다."

"허허, 고맙소."

"전하, 강계江界에 유배 가 있는 정철을 다시 부르시옵소서."

"정철을?"

갑작스러운 요청에 선조가 망설이자 김응남이 아니 된다는 표정을 지었다.

"유배를 떠난 지 일 년도 채 되지 않은 정철을 벌써 부른다는 건……."

"이보시오 병판! 지금은 어린아이의 힘이라도 모아야 할 판이오. 한 사람의 인재라도 더 필요한 이때에 정철 같은 정승이야말로 더 말해 무엇 하겠소!"

이항복도 그렇게 생각했다.

"조정의 빈자리가 너무 큽니다. 정철을 부르시옵소서."

"그리하시오."

그때 이덕형이 다급히 들어왔다.

"한성이 왜적에게 점령당했습니다."

예상은 하고 있었지만 결국 도성이 함락되었다는 소식에 모두 질겁했다. 선조의 얼굴에 한 줄기 진한 공포가 드리우다가 사라졌다.

"그게 언제요?"

"어제 한강 남쪽에 도착하여 오늘 아침에 입성했다 합니다."

김응남이 도저히 믿기지 않는다는 얼굴로 고개를 갸웃했다.

"한강 방어선과 도성이 하루도 안 되어 무너졌단 말인가?"

이덕형이 분노에 겨워 대답했다.

"무너진 게 아니라, 도원수都元帥 김명원金命元과 부원수副元帥 신각申恪, 그리고 유도대장 이양원이 왜적이 한강 남쪽에 나타나자 싸워 볼 생각도 하지 않고 도망갔다 합니다."

"이런 한심한 작자들이 있나!"

여태 조용히 있던 선조가 벌떡 몸을 일으켰다.

"한성에서 이곳은 하루면 올 수 있는 거리가 아닌가?"

"그러하옵니다."

"아니야, 하루가 아니야……. 말을 타고 달려오면 두세 시진이면 닥칠 수 있지……. 어서 평양으로 파천할 준비를 하라. 어서, 어서!"

17.
내 꿈은
조선 따위가 아니다

소서행장은 우람한 성문에 내걸린 현판을 진중하게 바라보았다.

興仁之門

"저것이 '흥인문'인가?"

"그렇습니다. 저 안으로 들어서면 조선의 도성을 차지하는 것입니다."

소서행장은 한편으로는 감개무량했고, 한편으로는 싱겁기 그지없었다. 충주에서 대격전을 치른 후 한강에 도착할 때까지 한 번도 공격이 없었던 것은 분명 한강 이남에서 결전을 준비하기 때문이라 생각했다. 각오를 단단히 하고 한강에 도착했으나 조선군은 한 명도 보이지 않았다. 덕분에 병사들을 더 잃지 않은 것은 다행이었지만 도대체 이 나라는 어떤 나라인지 의구심이 들었다.

둥, 둥, 징, 징.

왜병들은 무혈입성이 너무 기뻐 북과 징을 연달아 치며 흥인문을 지났다. 조선군은 말할 것도 없고 백성까지 한 명도 보이지 않는 도성은 공동묘지와 진배없었다. 천천히 말을 달려 종로 거리를 지나 종묘를 거쳐 경복궁에 이를 때까지 돌멩이라도 던져보는 필부지용匹夫之勇의 백성조차 없었다. 조무래기 아이들 두엇이 골목에서 고개를 빼꼼 내밀고 겁에 질린 눈으로 쳐다보다 눈이 마주치면 줄행랑을 놓았다. 불과 한 달 전만 해도 번잡스러웠을 도성이 이처럼 황량한 곳으로 변하다니. 광화문 아래에서 평의지는 난감한 표정을 지었다.

"왕이 궁에서 도망친 지 사나흘 됐답니다."

현소가 덧붙였다.

"왕이 떠나자 성난 백성들이 궁에 불을 질렀고요."

소서행장은 어이가 없었다.

"조선 군사들은 저항도 없이 일찌감치 도망가버리고, 백성들은 궁에 불을 지르고. 이거야 원, 누가 조선의 진짜 적인지 알 수가 없구나. 이래서야 가토보다 먼저 입성한들 무슨 소용이란 말인가."

을씨년스럽게 불탄 궁궐을 허망하게 바라보다 버럭 소리를 질렀다.

"대체 조선의 왕은 어디서 만나야 한단 말인가!"

"일단 이곳에서 가토 부대가 당도하기를 기다리지요."

"그럴 수밖에……."

"그때까지 병사들에게 휴식을 주고 부상병을 치료하도록 하십시오."

"그렇게 하도록 하라."

"성내에는 대부대가 야영할 수 없으니 일단 성 밖으로 물러나 진을 치는 것이 좋을 듯싶습니다."

소서행장은 건성으로 고개를 끄덕였다. 성 밖에 진을 친 왜병은 군막을 세우기 바쁘게 솥을 걸고 밥을 짓기 시작했다. 피난민들이 떠난 마을은 금방이라도 귀신이 나올 것 같았으나 살림살이가 그대로 있는 집들이 많아 주둔하기에는 안성맞춤이었다. 마루를 뜯어내고 그 밑을 파면 숨겨놓은 쌀도 찾아낼 수 있었다. 병사들이 삼삼오오 모여 배불리 밥을 먹고 누워 낮잠을 잘 때, 소서행장은 주둔지를 돌며 병사들을 위무했다.

"든든히 먹어둬라."

"넷, 장군!"

"아직 임무가 끝나지 않았으니 너무 나태해져서는 안 된다."

"명심하겠습니다."

한쪽에서는 부상병들을 치료하느라 바빴다.

"행군을 오래 해서 발바닥이 부르트고 문드러진 병사들이 많습니다."

"충분히 쉬게 해서 전력에 손실이 없도록 해라."

"넷!"

대답하는 평의지 뒤로 송포진신이 서찰을 가져왔다.

"장군, 우키타 님이 보내셨습니다."

더 진군하지 말고 내가 입성할 때까지 도성에서 기다려라. 도망간 조선 백성들이 도성 안으로 돌아오도록 위민 정책을 펼쳐라. 그들이 앞으로 징발할 군사들이고 노역자들이다.

"잘됐군. 어차피 당장 진군할 처지는 아니었는데 말이야. 군량미가 얼마 남았지?"

"보름 정도 먹을 양이 남았습니다."

"3일분을 풀어서 조선 백성들에게 나누어주게. 그리고 도성으로 다시 들어오라고 해."

평의지가 만족한 표정을 짓자 소서행장은 현소에게 지시를 내렸다.

"스님은 글을 아는 포로들을 시켜서 우리가 폭정에 시달리는 조선 백성을 구하기 위해 온 것이고, 위해를 가하는 일이 없을 것이니, 숨어 있지 말고 모두 돌아와 평안하게 생활하라는 방을 곳곳에 붙여 알리도록 하시오."

"예, 알겠습니다."

둥, 둥.

갑자기 낮은 북소리가 들려왔다. 저 멀리에서 뿌연 흙먼지와 함께 깃발들이 나부꼈다. 소서행장은 피식 웃음을 짓고는 갑옷을 추슬렀다. 이윽고 다가온 가등청정에게 너그러이 인사말을 건넸다.

"아! 가토, 이제 오는가? 많이 늦었군."

그러나 가등청정은 대뜸 시비였다.

"네놈 짓이지?"

"뭐가 말인가!"

"시치미 떼지 마라! 강 남쪽에 있는 배를 네놈이 다 없애버렸잖아. 내가 척후를 보냈을 땐 분명 배 20여 척이 있다고 했는데, 본진이 도착했을 때 사라져버렸어! 그런 비열한 짓을 할 자가 네놈 말고 누가 있겠어!"

소서행장은 비웃음이 절로 나왔다.

"이봐, 가토. 조선에 와서 배운 속담인데, 이런 경우를 두고 하는 소리가 있더군. '개 눈에는 똥만 보인다'고 말이야."

가등청정이 격분해서 칼을 빼려 하자 부장 고이치가 다급히 말렸다.

"장군! 참으십시오."

소서행장은 비웃음을 멈추지 않았다.

"조선군이 도망칠 때 없앴을 것이라고 왜 생각 못 하나? 그리고 나에게 졌으면 조용히 승복해야지. 창피하게 부하들 앞에서……."

가등청정이 그제야 주위를 둘러보자 밥 먹던 왜군들이 모두 아닌 척하며 쳐다보고 있었다. 가등청정은 짐짓 눈을 부라리고는 소리쳤다.

"두고 보자, 고니시! 아직 끝나지 않았어. 내가 당장 조선 왕을 추격하겠다."

소서행장은 그 앞에 서찰을 불쑥 내밀었다.

"그렇게는 안 되지. 여기 총대장 우키타 님의 명령서다."

가등청정은 서찰을 읽고는 와락 구기며 '으아!' 괴성을 내질렀다. 소서행장은 몸을 돌리고 마지막 비웃음을 날리며 나직이 중얼거렸다.

"바보 같은 놈. 네놈은 내 상대가 못 돼."

현소는 조선을 침략한 이후 처음으로 자신의 일을 찾았다. 조선인 포로들을 불러 모아 진서를 쓸 줄 아는 자들과 언문을 똑바로 쓸 수 있는 자들을 뽑아서 포고문을 수십 장 쓰도록 했다. 병사들을 데리고 성 밖 마을을 일일이 다니며 포고문을 붙였다. 제발 많은 백성들이 돌아와 목숨을 부지하기를 바랐다.

우리 일본군은 조선 왕의 폭정에 시달리는 조선 백성을 구하기 위해 온 것이다. 쌀을 줄 테니 걱정 말고 돌아와 생계에 전념하라.

- 大摠兵 宇喜多秀家(대총병 우히다수가)

흙벽에 포고문을 붙이고 돌아설 때 허물어진 초가집 모퉁이에서 초췌한 농부가 머리를 내밀고 왜병들을 살폈다. 현소는 모르는 체하고 병사들을 재촉해 그 자리를 떠났다. 긴가민가하던 농부가 조심스레 다가와 방을 보았다. 어느 곳에서도 화살이나 조총이 날아오지 않자 숨어 있던 백성 서너 명이 우르르 달려왔다. 그러나 포고문의 내용이 사실인지 아닌지 알 길이 없었다.

"이거 믿어도 되는 것이여?"

"글쎄……. 우릴 끌어내서 죽이려 하는 것 아녀?"

"가서 죽으나 숨어서 굶어 죽으나 마찬가지 아닌감?"

"우리를 죽이려 했다면 이 자리에서 벌써 죽였겠지."

그래도 망설이고 있을 때 골목 저쪽에서 농부 한 명이 대나무 광주리를 들고 부리나케 달려갔다.

"이보게, 점쇠. 어딜 가는가?"

"소식 못 들었나? 왜놈들이 정말로 쌀을 나눠준다네."

이제 더 이상 망설일 이유가 없었다. 망설여서도 안 되었다. 칼 아래 죽으나, 굶어 죽으나 마찬가지라면 왜적일망정 믿어보는 게 나았다. 도성을 차지한 왜적들은 분명 조선 백성의 도움이 필요한 일이 있을 것이었다. 그것이 나라를 망치게 한들 도망친 임금보다 못하지는 않을 것이었다. 설마 하고 달려간 왜군 진영에는 벌써 길 게 줄이 늘어서 있었다. 늙은이와 힘없는 농부들, 아낙, 아이들이 태반이었으나 왜적들은 가리지 않고 쌀을 나누어주었다. 어떤 사 람은 아예 왜적들과 어울려 갓 지은 밥을 허겁지겁 먹고 있었다. 현소는 안타까운 심정으로 그들을 보고, 소서행장은 냉소를 짓고, 가등청정은 주먹을 부르쥐었다. 그 백성들 틈에 섞여 허름한 옷을 입은 신명철은 다리를 절룩거리며 함지박에 쌀을 받았다. 연신 고 개를 조아리면서도 왜병의 숫자가 얼마인지 헤아리느라 사방으로 눈을 데굴데굴 굴렸다.

"지금 뭐라 했느냐? 왜군이 관아 앞에 왔다고?"

왜적이 쓸고 지나간 경상도의 외진 관아에서 경상감사 김수는 자신의 귀를 의심했다. 앞에 선 군관 역시 놀랍고 황당하다는 표정 이었다.

"네. 지금 투항하겠다고 감사 영감을 찾고 있습니다."

"투항? 그게 말이 되느냐?"

김수는 불안한 마음을 억누르며 군관과 군사 몇 명을 데리고 조심스레 누각 위로 올라갔다. 관아 앞 벌판 저만치에 말을 탄 적장이 수천의 군사를 거느리고 서 있었다. 늘어선 대열로 보아 공격을 하려는 것 같지는 않았다. 김수는 혹시 날아올지도 모르는 조총을 경계하며 큰 소리로 물었다.

"내가 경상도 관찰사 김수다! 너는 누구냐?"

적장이 앞으로 나와 큰 소리로 응답했다.

"나는 가토 기요마사가 이끄는 일본군 제2군 선봉장 사야가라 하오. 우리 3천 명은 조선군에 투항하러 온 것이니 부디 받아주시오!"

김수는 의아했다. 승승장구하는 왜병이 투항을 한다는 것은 있을 수 없는 일이었다.

"그대의 투항을 어찌 믿는단 말인가?"

"왜군이 모두 북상하고 있는데, 우리만 왜 이곳으로 다시 돌아왔겠소. 믿어주시오!"

"우릴 속이려 하는구나! 우린 이곳에서 결사 항전할 것이다! 어디 들어올 테면 들어와보거라!"

사야가는 한숨을 내쉬더니 대열을 뒤로 물렸다. 공격할 준비를 하려나 보다 생각하고 누각 위의 조선 병사들이 화살을 쥘 때 왜적들이 한 명씩 앞으로 나와 조총을 땅바닥에 내려놓았다. 조총이 쌓여 산을 이루자 김수는 그제야 왜병들이 진심으로 투항하려 한다는 것을 알았다. 이윽고 사야가와 마주한 김수는 궁금한 것을 물었다.

"당최 이해가 안 가는구먼. 투항하는 이유가 무엇이냐? 너희 군영에서 무슨 죽을죄라도 지은 것이냐?"

"그런 거 없소. 우리는 오랜 내전이 끝나면 모두 고향으로 돌아갈 줄 알았소. 하지만 다시 동원되어 이제는 일본 땅도 아닌 조선과 명나라까지 끌려가 전쟁을 치르게 되었소. 더 이상 참혹한 전쟁에 끌려다니다 죽고 싶지 않을 뿐이오."

"이거야 원. 허나 내가 결정할 사안이 아니니 조정에 보고해 답을 기다리겠다."

비록 투항이라 해도 전쟁이 터진 이후 처음으로 접하는 비보가 아닌 소식이었다.

밥을 배불리 먹은 신명철은 칠흑 같은 밤을 틈타 도성을 빠져나와 쪽배로 임진강을 건넜다. 보고를 받는 류성룡의 얼굴은 내내 어두웠다.

"왜적들은 쌀을 풀어 백성들을 도성 안으로 불러들이고 아무런 패악질도 하지 않고 있습니다. 산속에 숨었던 사람들이 다시 집으로 돌아가고 있습니다요. 대체 왜놈들이 무슨 생각으로……."

"전형적인 점령 정책이다. 우선 민심을 안정시켜 반발을 차단하려는 것이고, 나아가서는 노역이나 군사로 징발해 가려는 심사지."

"바보 같은 백성들! 당장 왜놈들이 어가를 추격하지 않는 것이 이상합니다."

불쑥 이덕형이 들어오며 답을 일러주었다.

"그거야 저들도 어느 정도 타격을 입었으니 그럴 수밖에."

이덕형은 류성룡을 향해 목례를 하고는 소식을 들려주었다.

"소서행장이라는 자가 이끄는 왜군은 탄금대 싸움에서 비록 이기기는 했지만 병사를 절반 가까이 잃었다 합니다. 또한 가등청정이라는 자가 이끄는 왜군도 한성에 입성했을 때 군사 수가 상당히 줄었다 합니다."

"지나온 마을에 군사를 배치해두어서가 아니겠는가?"

"꼭 그것 때문만은 아닌 듯합니다."

"무슨 꿍꿍이가 있는지는 모르겠지만 일단 시일을 번 셈이니 우리로서는 다행일세."

"헌데, 전하께서 저리 몽진을 주장하시니 어찌할 바를 모르겠습니다."

좌의정이 된 윤두수는 어서 빨리 몽진을 하려 했다. 이덕형은 그 말을 받아들일 수 없었다.

"전하께서 이곳 백성들에게 개성을 지키시겠다 뜻을 전하지 않았습니까?"

"하지만 왜적이 너무 가까이 있어요! 평양으로 어가를 옮겨야 합니다!"

호조판서 홍여순도 몽진에 찬동했다.

"적이 가까워도 너무 가까워요! 빨리 행재소를 옮겨야 합니다."

"너무 성급히 움직여 또다시 민심이 이반될까 두렵습니다."

"만약 적의 계략대로 마음을 놓고 있다가 이곳이 왜놈들에게 포위라도 된다면, 그야말로 이 나라는 끝장입니다! 평양으로 옮겨서 적과 거리를 두는 게 시급합니다. 어서들 일어나 몽진 차비를 하세요!"

"안 됩니다!"

문밖에서 류성룡의 거친 목소리가 들리고 문이 벌컥 열렸다.

"파직된 자가 어찌 국사를 논하는 자리에 들어오는 것이오!"

이덕형이 대신 대답했다.

"벼슬은 없지만, 아직 종계변무의 공으로 받은 정1품 부원군府院君이라는 품계와 작호가 있으니 참여치 못할 일은 아니지요."

류성룡은 직책은 없으나 부원군의 자격으로 김응남에게 물었다.

"병판, 우리 군사들은 어찌 되고 있습니까?"

"지금 황해도와 평안도의 군사 9천이 모였다는 장계를 받았고, 전라도 순찰사 이광이 이끄는 4만이 올라오고 있습니다."

"한강을 방어하던 군사와 도성을 방어하던 군사 4천 5백 또한 싸우지 않고 물러났으니 그대로 온전할 것 아닌가?"

"아직 장계가 올라오지 않아 어디에 있는지 파악되지 않고 있어서……."

"곧 오겠지요. 그리되면 도합 5만 명이 넘는 군사들이 우리에게 있는데, 한번 겨뤄볼 수 있는 것 아닙니까? 싸워보지도 않고 도성을 버린 것도 모자라 이젠 개성까지 버리려 하는 겁니까! 그러고도 왜군만 나타나면 도망가는 장수들을 비난할 수 있소이까!"

참다못한 윤두수가 탁자를 치며 일어섰다.

"이보시오, 부원군! 말씀 가려서 하시오! 이 사람 또한 당장이라도 칼을 들고 싸우고 싶소! 우리야 싸우다 죽어도 그만이지만, 주상 전하를 생각해야지요! 전하가 적의 손에 넘어가면 이 나라도 끝이에요! 승패란 어찌 될지 알 수 없는 법이니 전하는 적으로부터 항상 안전한 거리에 계셔야 합니다!"

윤두수가 핏발을 세울수록 류성룡의 목소리도 커졌다.

"세자를 세운 이유가 뭡니까! 전하께서 적을 맞아 끝까지 항전하고, 만일 유고가 생기면 세자에게 나라의 후사를 이어가게 하려는 것 아닙니까!"

급기야 윤두수가 분노로 몸을 부들부들 떨었다.

"지금 전하께서 계시는데, 어찌 그런 망언을 하시오! 세자가 있으니 전하는 적과 싸우다 전사하셔도 좋다는 뜻이오?"

류성룡은 격하게 소리쳤다.

"내 뜻을 곡해하지 마시오!"

늦은 밤, 선조는 좌불안석이었다. 지금 당장 어가를 옮겨도 불안하기 짝이 없는데 반대하는 신하들이 있다는 것이었다.

"류성룡이 반대를 한다?"

윤두수는 송구스럽다는 듯 머리를 조아렸다.

"그렇습니다."

선조는 잠깐 생각하다가 이봉정에게 일렀다.

"류성룡을 부르라."

윤두수는 굳이 류성룡을 부를 필요가 있을까 싶어 넌지시 아뢰었다.

"어찌 파직된 자를 만나려 하시옵니까?"

아무런 대답 없이 눈을 감고 있던 선조는 문 열리는 소리가 들리자 눈을 번쩍 뜨고는 류성룡에게 진중하게 물었다.

"하나만 묻겠소. 그대는 과인을 정녕 비겁한 군주라 여기시오?"

"……."

"대답해보시오. 왜적을 막을 수 있는 군사와 시일이 있는데도 도망가는 한심한 군주라 여기시오?"

"막을 여건이 되는데도 몽진하신다면 훗날의 사가들이 모두 그리 기록할 것입니다."

선조는 끙 한숨을 토해 내고 가만히 허공을 응시했다.

"과인도 그대와 같은 생각이오. 나 또한 그런 군주를 보면 한심하다 비난할 것입니다. 허나 그건 어디까지나 왜적을 방비할 여건이 되는데도 겁을 먹고 도망갔을 때를 말하는 것이오."

"당연한 말씀이옵니다. 신 또한 지금은 왜적을 방비할 여건이 된다 여기기에 드리는 말씀입니다. 전라도 순찰사 이광이 이끄는 4만의 군사가 올라오고 있고, 황해도와 평안도에서……."

선조가 갑자기 옆에 있던 상소를 하나 들어 류성룡 앞에 툭 던졌다.

"조금 전에 도착한 장계요. 도성이 함락되었다는 소식을 접하고 이광이 군사를 돌려 내려갔다 합니다."

류성룡은 깜짝 놀라 황황히 장계를 펼쳤다. 그 위로 선조의 비난이 쏟아졌다.

"순찰사란 자가 이리 한심한데……. 과연 내가 여건이 되는데도 도망가는 비겁한 군주라 할 수 있는가!"

비난의 목소리가 갑자기 난폭한 신경질로 변했다.

"겉으로는 다들 나라를 생각하는 것 같지만, 막상 위급이 닥치면 왕이야 어찌 되든 자기 살길부터 찾는 것들이오! 내가 백성들을 버렸다고? 대궐을 불태운 백성들을 보시오! 언제고 다시 돌아가 왜적들과 싸울 과인을 생각했다면 과연 그럴 수 있겠소? 내게 백성을 버렸다는 오명을 씌우고는, 이때다 싶어 왕실 재물을 훔쳐 달아난 도적들에 불과하오. 백성! 백성! 백성! 그 백성이 도적이 되어 과인을 버렸단 말이오!"

류성룡은 기가 막혀 눈을 감았다. 분명한 사실 앞에서 입이 열 개라도 지금 당장은 백성들을 비호할 핑계가 하나도 없었다. 선조가 그 모습을 불쾌하게 응시하다가 결연하게 소리쳤다.

"당장 파천 준비를 하라!"

목숨이 경각에 달렸다고 생각한 선조는 조급증에 가슴이 탔고, 풍신수길은 그런 조선 왕을 언제 사로잡을 수 있을지 조바심이 일었다. 황금 다실을 정신 사납게 서성이다 가신들에게 물었다.

"지금쯤 조선 도성을 점령했겠지. 누가 이겼을까?"

석전삼성이 자신 있게 대답했다.

"당연히 우리 일본군이."

"그게 아니라, 고니시와 가토 말이야! 아무래도 잔머리가 좋은 고니시가 이겼을 것 같은데? 아니지. 힘으로 밀어붙인 가토가 이겼는지도 몰라."

"어쩌면 비겼을 것입니다."

"비기다니, 그게 무슨 소리야?"

전전리가가 덧붙였다.

"한성이야 둘 중 하나가 먼저 입성했을지 모르지만 만일 조선 왕이 도망가버렸다면 누구도 이겼다고 할 수 없지 않습니까."

"말도 안 되는 소리! 왕은 싸우다 죽거나 할복하는 거야! 도망가면 그건 왕이라고 할 수 없지."

"그건 우리 일본이 그런 것이지요. 조선은 우리와 풍속이 다르지 않습니까?"

"그런가……. 어쨌든 조선 왕이 잡히는 건 시간문제이고, 도성을 점령했다면 그건 조선을 정복한 거나 다름없어! 이시다! 넌 한성이 점령되었다는 소식이 오면 즉시 조선으로 떠나라. 우리가 만든 조선점령정책을 시행하고 곧바로 명으로 쳐들어갈 준비를 해야 할 것이야."

석전삼성은 굳게 다문 입을 열지 않았다.

"……."

"왜 대답이 없어?"

"태합 전하. 군사들이 너무 지쳐 있을 겁니다. 조선을 점령하고 나면, 어차피 1년 정도는 조선 군사를 징발하고 군량미를 준비해야 하지 않겠습니까? 그러니 군사들을 잠시 쉬게……."

풍신수길의 눈썹이 치켜 올라갔다.

"네놈이 감히 짐의 원대한 꿈을 망치려 하느냐!"

"저는 단지 군사들의 사기를 생각해서……."

"멍청한 놈! 내 꿈은 조선 따위가 아니라고 몇 번을 말했느냐! 아무리 이빨 빠진 호랑이라곤 하지만 명이 대국임을 짐이 모르겠느냐? 허나, 지금이야말로 명을 정복할 수 있는 절호의 기회다! 만력제라는 놈은 정사를 내팽개쳤고, 수십만의 반란군이 일어났고, 요동에는 명의 힘이 미치지 못하고 있단 말이다. 그런데 뭐? 1년을 쉬자고!"

석전삼성이 침을 꿀꺽 삼켰다.

"어려서부터 내 옆에서 자란 너를 무척이나 아낀다만…… 바보 같은 소리로 짐의 원대한 계획에 차질을 빚게 하면, 너의 육신은 동서남북 어디에서도 찾지 못하게 될 것이야."

파랗게 질린 석전삼성이 벌떡 일어나 머리를 깊이 조아렸다.

"태합 전하! 제 생각이 짧았습니다. 용서해주십시오!"

원대한 꿈을 향한 자신 앞에 장애물은 하나도 없다고 생각했지만 풍신수길은 남모를 고민에 사로잡혀 있었다. 아들 츠루마츠가 급사한 이후 누나의 아들 히데쓰구를 후계자로 삼았지만 참된 핏줄은 아니었다. 일본의 지배자, 나아가 조선과 중원 대륙의 지배자로서 그에게 지금 절실히 필요한 것은 자신의 진짜 피를 이어받은 후계자였다. 오늘 밤이 후계자를 만들 중요한 날이었다.

풍신수길의 총애를 받는 측실 요도도노는 시녀에게서 귀띔을 받고 거울을 보며 꽃단장을 했다. 시녀가 옆에서 머리를 정성스레 빗겨주었다.

"오늘 태합 전하가 확실히 침소에 든다 하셨느냐?"

"네."

거울을 보며 싱글벙글할 때 갑자기 문이 열리고 거울 속에 네네의 모습이 나타났다. 네네는 기겁하며 일어나 예를 갖추는 요도를 힐긋 보고 차가운 눈으로 시녀에게 눈짓을 했다. 시녀가 종종거리며 나가자 네네는 자리에 앉으며 요도를 노려보았다.

"오늘 태합 전하가 네 침소에 든다 하셨다고?"

"예……."

갑자기 네네의 목소리가 높아졌다.

"넌 태합 전하의 대업을 망칠 셈이냐!"

"예?"

"지금 밖으로는 친히 대륙을 정벌하고 계시고, 안으로는 히데쓰구 관백을 통해 내치를 다지고 있는 이 엄중한 시절에, 네가 사내아이라도 낳는다면 이 나라가 후계자 문제로 큰 혼란에 빠지지 않겠느냔 말이다."

요도는 당황했다. 여자로서 사내아이를 낳고 싶은 마음은 후계 문제를 떠나 본능이었다. 멈칫거리다 대답했다.

"전 그런 건 잘 모르옵니다. 단지 태합 전하를 성심껏 모시려고……."

"태합 전하는 혼자의 몸이 아니시다!"

네네는 품에서 약주머니를 꺼내 요도 앞으로 툭 던졌다.

"이걸 하루에 두 번 먹거라."

요도는 금세 눈물을 뚝뚝 흘리면서도 그 약을 받을 수밖에 없었다. 그때 문이 벌컥 열리고 찬바람과 함께 풍신수길이 들어섰다.

"그러면 안 되지요."

두 여자가 동시에 고개를 돌리자 엄숙하면서도 빈정거리는 얼굴의 풍신수길이 성큼 발을 내디뎠다. 네네는 얼굴을 새빨갛게 붉히고, 요도는 어찌할 줄 몰라 눈을 아래로 내리깔았다. 풍신수길은 약주머니를 빼앗아 와락 뜯어버렸다. 뿌연 약 가루가 바닥에 안개처럼 쏟아졌다. 발로 흩어버리며 네네를 차갑게 노려보았다.

"잘 들어요, 네네. 내 소원은 말이야, 내가 점령한 광활한 대륙을 내 아들과 함께 말을 타고 마음껏 달리는 것이오. 조카인 히데쓰구가 아니라! 내 아들, 내 아들하고 말이야! 하하하하하!"

풍신수길의 웃음은 멀리 명나라 자금성 병부兵部에도 들렸다. 석성은 보고를 받고는 얼굴이 돌처럼 굳었다.

"왜국이 조선을 침략했다고 했느냐?"

"벌써 한 달이 다 되어간다고 합니다."

한 달이면 도성이 함락되었을 수도 있을 것이었다. 그토록 긴급한 소식이 왜 이제야 전해지는지 이해할 수 없었다. 벌떡 일어나 만력제의 침소로 달려갔다. 황제는 늘 그렇듯 정귀비鄭貴妃의 무릎을 베고 희희낙락거렸다. 만력제의 비대한 얼굴을 쓰다듬던 정귀비가 갑자기 눈물 한 방울을 똑, 떨어뜨렸다.

"폐하, 정녕 이귀비李貴妃의 소생 상락常洛을 황태자로 삼으실 겁니까?"

즐거운 기분이 삽시간에 사라져버린 만력제는 몸을 일으키며 정귀비를 달랬다.

"왜 그러느냐, 또?"

"대신들이 모두 이귀비의 소생을 황태자로 세우라 하지 않습니까?"

만력제는 후계자 같은 것은 아무래도 좋았다. 지금 당장 눈앞에 있는 아리따운 여인이 눈물을 흘린다는 사실이 중요했다. 여자의 마음을 상하게 해서 즐거운 시간을 망칠 필요는 없었다.

"내 마음을 잘 알지 않느냐. 짐은 상락이 싫다. 짐의 마음속에 황태자는 오직 정귀비의 소생인 상순常洵뿐이다. 대신들이 계속 우기면, 황태자를 봉하지 않으면 돼. 전부 왕으로만 봉하고 미루면 된다니까."

"황상 폐하, 병부상서 석성 들었습니다."

막 정귀인의 기분을 돌리려는 순간에 들려온 태감의 외침에 만력제는 짜증이 밀려왔다.

"짐이 몹시 피곤하다. 나중에 오라고 해!"

그러나 나라에 대한 충성심이 가득하고 어떻게 해서든 조선을 돕고 싶은 석성은 물러서지 않고 침소 앞에서 큰 소리로 외쳤다.

"황상 폐하, 왜국이 조선을 침략했습니다. 어서 대책을 강구하셔야 하옵니다."

쉽사리 물러서지 않으리라는 것을 아는 만력제가 문을 벌컥 열고는 밖으로 나왔다. 옷이 민망하게 흐트러져 있었다. 만력제는 귓구멍을 후벼 파며 비아냥거렸다.

"귀 안 먹었소. 그만 좀 부르시오! 조선이 뭐 어찌 됐다고?"

"왜국이 한 달 전 조선을 침략했다 합니다."

"하여간 내 이럴 줄 알았다니까. 짐이 애초에 말하지 않았소. 조선이 왜국에 통신산가 뭔가를 보낼 때부터 둘이 짜고 우리 명나라를 공격하려 한다고 말이오!"

"그건 조선이 해명을 하지 않았습니까?"

"해명이 아니라 우리를 속이기 위한 변명이었겠지."

"조선은 그리 신의가 없는 나라가 아닙니다."

만력제는 뚱한 얼굴로 석성을 노려보았다.

"조선에서 뇌물이라도 받았소? 어찌 조선 이야기만 나오면 그리 편을 드는가 말이오. 당장 군대를 보내서 둘 다 쓸어버리시오!"

"황상 폐하. 조선에 보낼 군대가 어디 있단 말입니까? 발배가 일으킨 난도 아직 평정되지 않고 있어 군대를 보낼 여력이 없사옵니다."

만력제는 그제야 정신이 퍼뜩 들었다.

"뭐라? 아직도 발배 놈을 죽이지 못했단 말이냣!"

"계속 성을 공격하고 있으나 군사를 먹일 군량이 부족합니다. 그러니 조선 문제는 일단 진무사鎭撫使 임세록林世祿을 보내 정확한 사정을 살펴보심이 좋을 듯합니다."

튀어나온 배를 쓰다듬다가 만력제는 귀찮은 듯 하명했다.

"그렇게 하시오."

개성 관아 앞에서 신하들은 옹기종기 모여 하늘만 바라보았다. 태양은 따사롭게 개성을 내리비췄지만 신하들 중 그 누구도 마음이 밝지 못했다. 윤두수가 침통하게 선조 앞으로 갔다.

"전하, 떠날 차비가 다 되었습니다."

"귀인과 신성군, 정원군은 잘 보냈소?"

"네. 이항복이 잘 수행할 테니 심려치 마십시오. 하옵고, 이산해는 바로 이곳에서 유배를 보내는 것이……."

"이산해가 비록 죄가 크다 하나 파천을 먼저 논한 건 과인을 위한 충심의 발로였소. 평양까지 데리고 가서 그곳에서 유배를 보내는 게 재상에 대한 예의가 아니겠소."

윤두수는 그 조치가 마음에 들지는 않지만 이 자리에서 굳이 논할 사안은 아니라 생각했다. 이미 파직된 사람을 피난길에 유배를 보내자고 주청하면 훗날 서인의 공격을 받을 수 있었다.

"그리하시옵소서."

관아 마당은 파천 짐을 꾸리느라 경황이 없었다. 벌써 두 번째 짐을 싸는 상궁과 나인들은 처음보다 손길이 빨라졌지만 마음은 한결 더 어두웠다. 제발 이번이 마지막 파천이기를 간절히 바랐으나 그 바람이 이루어질지 아무도 장담하지 못했다. 선조와 중전 박씨, 광해군이 밖으로 나오자 금군들이 말 두 필을 대령했다. 선조와 광해군은 말에 오르고 중전은 가마에 올라탔다. 융복을 입은 신하들이 그 모습을 처연히 바라보았다. 윤두수가 크게 소리쳤다.

"어가를 모셔라!"

맨 앞의 호위병이 발걸음을 떼자 파천 행렬은 북쪽을 향해 나아가기 시작했다. 대신 행렬의 끄트머리에서 평복 차림으로 등짐을 지고 따르던 류성룡은 두어 걸음 걷다가 문득 발길을 돌렸다. 똑같이 평복을 입고 등짐을 진 이산해가 그 황황한 발걸음을 보고는 고개를 갸웃했다. 류성룡은 관아 뒤편의 허름한 창고로 달음박질쳤다. 희미한 촛불 아래에서 이장손이 둥그런 포탄을 이리저리 살피고 있었다. 그 옆에 너덜너덜해진 도면이 있고 땅바닥에는 망가진 포탄 조각이 흩어져 있었다.

"비격진천뢰를 만드느라 생명 소중한 것은 모르는군."

류성룡의 말에 이장손은 고개를 번쩍 들었다.

"대감님!"

"아직까지 이러고 있으면 어쩌는가? 다들 떠났단 말일세."

"아이쿠! 떠날 준비를 한다는 것이 깜박 잊었습니다."

류성룡은 등짐을 내려 비격진천뢰 도면을 소중히 집어넣었다.

"어서 짐을 꾸리게."

"대감, 이러지 마시고 먼저 가십시오. 소인이 챙겨서 뒤따르겠습니다."

"다 떠났는데, 이 짐을 어찌 혼자 다 진단 말인가. 중요한 것만 챙겨서 빨리 떠나세."

두 사람은 허겁지겁 짐을 챙겨 헛간을 나섰다. 류성룡이 아까보다 더 무거워진 등짐을 지고 밖으로 나오자 파천 행렬은 벌써 꼬리가 보일락 말락 했다. 일꾼이나 되는 듯 씩씩거리며 걷는 류성룡을 따르다가 이장손이 소리쳤다.

"대감, 소인이 다 민망합니다. 그 짐 주시고 앞서 가십시오."

"이보게, 화포장. 내가 진 이것은 말일세, 누가 대신 짊어질 수 없는 것이네. 이 나라를 구할 보물인데 어찌 짐짝 취급을 하는 겐가. 지금은 자네와 내가 세상에서 가장 귀한 보물을 지고 있는 것이니 비록 불행한 시절이지만 그 누구보다 행복하지 않은가."

그 엷은 미소에 이장손은 이슬이 맺힌 눈으로 고개만 주억거렸다.

18.
이순신,
용맹을 드러내다

"영감, 모두 모였습니다."

파도가 해안을 쓸고 간 남해안 포구는 적막하고 평화롭기만 했다. 처연하게 떠오른 둥근 달 아래 한 장수가 칼을 차고 물끄러미 바다를 응시했다. 그가 올라선 갯바위에도 파도가 무심히 철썩거렸다. 이순신이 고개를 돌리자 송희립宋希立이 다가왔다.

이순신은 입술을 꾸욱 문 채 결연한 표정으로 발걸음을 옮겼다. 전라좌수영 관아에는 이미 장수들이 모여 기다리고 있었다. 녹도만호鹿島萬戶 정운鄭運, 순천부사順天府使 권준權俊 등 장수 10여 명이 숙연한 얼굴로 탁자에 놓인 지도를 바라보았다.

"우리의 수영을 지키기에도 병력이 어려운데, 경상 수영을 지원하는 것은 옳지 못합니다."

"우리 수영이 빈 사이에 공격을 당할 수도 있습니다."

몇몇 장수는 경상 수영을 지원하는 것에 반대했다. 그러나 정운은 그 반대에 반대였다.

"왜적을 막는 일에 어찌 구역을 가릴 수 있겠소! 적의 예봉을 미리 꺾어놓으면 적을 그만큼 없애는 것이니 우리 구역의 방어도 자연히 이루어지는 것이오!"

눈을 감고 갑론을박을 듣던 이순신이 조용히 손을 들었다. 그리고 낮지만 단호하게 말했다.

"지금부터 우리가 지킬 구역은, 조선의 바다, 하나뿐이다. 출정 준비하라!"

파천 행렬은 벌써 황해도 금교金郊에 닿았다. 우거진 버드나무 아래서 호위 병사들이 아픈 발을 주무르고 있을 때 이산해가 선조에게 다가가 따뜻한 차를 올렸다.

"신이 조금 지니고 있던 계피를 우렸습니다."

말에서 내려 평평한 바위에 앉아 녹음이 우거진 산과 들을 하염없이 응시하다가 선조는 흠칫했다.

"고맙소. 과인이 원망스럽지 않소?"

"죄인이 어찌 그런 마음을 품겠습니까. 세상 모든 만물이 다 그 쓰임새가 있고, 또한 그 쓰임새란 언젠가 다하는 것이 자연의 이치입니다. 신 또한 마찬가지입니다."

선조는 씁쓸하게 고개를 끄덕였다.

"전하, 마지막 청이 있사옵니다. 결코 류성룡을 버리지 마시옵소서. 이 나라가 이리 참담한 지경이 된 원인은 명분에만 사로잡혀 있었기 때문입니다. 백성에게 풍요로운 삶을 주고, 나라를 부국강병하게 하려면 명분보다는 실리를 취하셔야 합니다. 신이 파천을 옹호했던 것도 명분보다는 실리를 생각했기 때문입니다. 지금 대부분의 대신들은 아직도 명분에만 집착하고 있습니다. 허나 류성룡만큼은 명분과 실리 사이에 균형을 지니고 있으니 지금의 국난을 극복하는 데 없어서는 안 될 인물입니다. 전하 곁을 떠나는 이 늙은 신하의 청을 부디 가벼이 여기지 마시옵소서."

임금의 대답을 기다리지 않고 이산해는 조심스레 물러나 행렬 끝에 앉아 있는 류성룡에게 갔다.

"앞으로 이 국난을 극복할 수 있는 세력은 둘뿐이오. 하나는 명나라의 도움……. 그리고 나머지 하나는 의롭게 일어날 백성……. 그 백성들 옆에 설 사람은 주상이 아니라 서애西厓뿐이오! 그러니 주상 때문에 결코 실의에 빠져서는 안 됩니다. 부디 이 나라를 부탁드리오."

류성룡은 당황했다. 그런 막중한 임무를 떠맡기고 자신은 떠나 겠다는 뜻으로 들렸다.

"대감, 마지막인 것처럼 말씀하지 마십시오. 백성들 옆에서 저와 함께 가셔야지요, 함께 일으켜 세워야지요."

이산해는 쓸쓸한 미소를 지으며 돌아섰다. 그 뒷모습을 보며 류 성룡은 입술을 꾸욱 깨물었다.

초라한 어가 행렬은 숨을 돌린 뒤 다시 북향길에 올랐다. 깃발 을 든 호위 무사가 맨 앞에 서고 그 뒤에서 윤두수가 행렬을 이끌 었다. 말을 탄 선조 뒤로 중전과 귀인의 가마가 따르고, 그 뒤로 광 해군, 김응남, 홍여순, 이덕형 등 몇 명에 불과한 대신들이 말에 올 라 허위허위 따라왔다. 문득 선조가 뒤를 돌아보았다. 비록 파천이 라 할지라도 한 나라의 왕이 행차하는 것치고는 행색이 너무 초라 했다. 저절로 한숨이 새어 나왔다. 그런 선조의 눈에 평민복을 입고 등짐을 진 채 걸어오는 류성룡이 들어왔다.

"융복을 벗었군. 파직을 당했다고 지금 시위라도 하는 겐가."

윤두수가 힐끗 류성룡을 보고는 두둔했다.

"어찌 그런 뜻이겠습니까? 자신의 죄를 통감하며 백의종군白衣從 軍하겠다는 뜻이 아니겠습니까."

그러나 선조는 못마땅하기 그지없었다.

"곧 본국에서 군량미가 도착할 것이다. 영주들은 군량미를 가지고 각자 맡은 지역으로 내려가서 피난민들에게 나눠주고 그들이 집으로 돌아오도록 해야 할 것이다."

현해탄을 건너온 총사령관 우희다수가는 조선의 산하가 마음에 들었다. 특히 너른 논과 벌판, 곳곳에 자리 잡은 밭들이 마음을 풍요롭게 했다. 조선에서 수확되는 쌀을 모두 거두어들이면 일본 백성 대부분이 배불리 먹을 수 있을 것이었다. 또 그 쌀을 군량미로 삼으면 명나라를 치는 것도 어렵지 않을 것이었다. 어떻게 하면 그날이 빨리 올 수 있을까를 한성으로 오는 동안 내내 생각했다.

종묘에 차려진 왜군 본영에는 소서행장, 가등청정, 흑전장정(구로다 나가마사), 모리길성(모리 요시나리) 등이 대기하고 있었다. 조선 백성을 위무하라는 명령을 하달한 뒤 우희다수가는 이후의 진격과 통치 계획을 논의했다.

"한성을 포함한 경기도는 내가 맡는다. 그다음 선택권은 한성을 가장 먼저 점령한 장수에게 주는 것이 맞겠지?"

소서행장이 자랑스러운 얼굴로 손을 들어 지도를 가리켰다.

"전 평안도로 가겠습니다."

다음은 가등청정 차례였다.

"함경도를 맡겠습니다. 하지만 개성까지는 고니시와 똑같은 경로로 가겠습니다."

소서행장이 미간을 찌푸렸다.

"나를 따라서 조선 왕을 뒤쫓겠다? 우키타 님, 1, 2군이 한길로 이동하는 것은 병력 낭비이며, 강원도를 비워두는 것 또한 어리석은 계책입니다."

"그만! 가토 뜻대로 한다. 강원도는 4군이 맡아 점령한다."

모리길성은 즉각 대답했다.

"넷!"

우희다수가는 흡족한 눈길로 지도를 보다가 장수들을 엄숙하게 일별했다.

"고니시, 그리고 가토! 전의를 불태우는 건 좋지만, 전공 싸움이 지나쳐 아군의 피해를 야기한다면 용서치 않는다! 나뿐만 아니라, 태합 전하께서 보낸 감시역들이 모두의 일거수일투족을 주시하고 있으니 각별히 조심해야 할 것이야!"

파천 행렬은 쉬었다가 계속 가기를 반복하면서 시나브로 황주 黃州에 도착했다. 이곳만 벗어나면 중화中和를 거쳐 평양으로 들어갈 수 있었다. 줄곧 걷기만 한 까닭에 대부분의 나인들은 다리를 절뚝였다. 그 모습이 안타깝기는 해도 말 위에 올라탄 선조가 해줄 수 있는 것은 아무것도 없었다. 애써 외면하는 그의 눈에 민가가 어렴풋이 보이고 그 위로 관아 지붕도 보였다.

"저곳이 황주이옵니다."

이봉정의 말에 선조는 그나마 안도감이 들었다. 관아로 들어서자마자 사람들은 아무 곳이나 픽픽 쓰러졌다. 기둥에 기댄 채 주저앉고, 물을 벌컥벌컥 마시고, 드러누워 금세 코를 골고, 부르튼 다리를 주물렀다. 호종을 책임진 윤두수는 한시도 쉬지 않고 상궁을 재촉해 부엌으로 몰아넣었다.

"어서 수라상을 마련하거라."

상궁이 불만스러운 얼굴을 한 채 나인들을 휘몰아 허름한 부엌으로 쫓기듯 들어갔다. 곧이어 관아 밖에서 거칠게 히잉, 말 울음소리가 들렸다. 관복이 다 찢겨진 전령 하나가 숨을 몰아쉬며 들어와 윤두수에게 장계를 올렸다.

"경상감사 김수의 장계이옵니다."

펼쳐서 읽는 윤두수가 화들짝 놀라자 그늘 아래 쉬고 있던 대신들이 앞서거니 뒤서거니 다가왔다.

"적의 장수가 3천 명의 군사를 데리고 김수에게 투항해 왔다 합니다."

대신들이 안으로 몰려 들어갔지만 류성룡은 우두커니 그 모습을 지켜보기만 했다.

"당장 그를 효시해야 하옵니다. 파죽지세로 올라오던 왜군이 지금 한성을 점령한 이후 사흘째 움직이질 않고 있습니다. 뭔가 다른 계략을 꾸미는 것이 분명합니다. 속지 마시옵소서.”

신중한 윤두수가 첫 의견을 냈다. 홍여순도 같은 생각이었다.

“신의 생각도 좌상과 같습니다. 다른 계략이 있을 수도 있고, 무엇보다 적의 선봉장과 그 군사들을 모조리 죽여 효시한다면 우리 군의 사기 진작에 큰 도움이 될 것입니다.”

이덕형은 그리 생각하지 않았다.

“신중히 판단해야 할 사안이옵니다. 그들이 위장이 아니고 정녕 투항한 왜군이라면 우리로서는 왜군에 대한 많은 정보를 얻을 수 있을 것입니다.”

광해군 역시 이덕형에게 동조했다.

“적의 사기를 꺾는 것도 중요한 일이나 지금 우리는 적의 병력이 정확히 얼마인지, 군 편성은 어찌 이루어졌는지, 그 기본적인 것조차 제대로 파악하지 못하고 있습니다. 만일 투항한 왜적을 통해 적의 군사력을 파악할 수 있다면 큰 도움이 될 것입니다.”

선조는 사람을 믿어야 한다는 사실을 받아들이기 싫었다. 이 비극도 사람의 말을 믿어서 생긴 것이었다. 더구나 자신이 총애하지 않는 광해군이 투항한 적들을 받아들여야 한다고 말하는 것에 짜증이 일었다.

“그놈들을 어찌 믿는단 말이냐? 수없이 우리를 겁박하고 거짓 말했던 왜놈들이다! 밖에 있는 적이야 대비를 할 수 있다지만 내부를 휘젓는 적은 속수무책임을 모르느냐!"

홍여순이 옳다 싶어 강경하게 나섰다.

"그리고 무엇보다 지금 왜적들이 무엇이 아쉬워 투항하겠습니까. 그들을 믿지 마시고 당장 처형하시옵소서."

입이 무거운 김응남이 의견을 덧붙였다.

"신 또한 사야가와 왜군들을 참하는 것이 좋을 듯싶습니다."

선조는 장계를 내던지고 하명을 했다.

"당장 선전관을 보내 사야가와 왜놈들을 참하고……."

"아니 되옵니다!"

갑자기 날아온 격한 외침에 선조는 말을 멈추었다. 모두들 소리 나는 방문 밖으로 일제히 고개를 돌렸다. 평복을 입은 류성룡이 땅에 엎드려 선조를 날카롭게 응시했다. 툭하면 끼어들어 훼방을 놓는 류성룡이 선조에게는 눈엣가시였다.

"소임도 없는 자가 어찌 자꾸 기웃거리는가? 파직을 당했으면 자숙하고 있어야 할 것 아닌가!"

"죄인이 자숙해야 함을 어찌 모르겠습니까. 허나 사안이 중대하여 감히 들었사옵니다."

"참하지 말라는 이유가 뭔가?"

"조총 때문이옵니다. 저들이 파죽지세로 한성까지 올라올 수 있었던 바탕은 조총 부대 때문이라 해도 과언이 아닐 것입니다. 사야가가 가져온 조총이 수십 자루입니다. 우리 역시 그 조총에 맞설 무기를 만들어내거나 똑같은 조총으로 상대해야 합니다. 사야가를 활용해 조총의 제조법과 사용법, 운용법까지 알게 된다면 수만의 군사를 얻는 것과 마찬가지라 할 수 있습니다."

선조는 망설였다.

"허면, 그들이 위장하여 투항한 자들이 아니라는 것을 어찌 믿을 수 있소?"

광해군이 묘책을 냈다.

"경상감영에 투항했으니 그곳 초유사로 가 있는 김성일에게 명하시어 자세히 살피도록 하십시오. 또 진정 투항한 것이 맞다면 인근 지역을 점령하고 있는 왜적들을 공격할 때 선봉에 서게 하면 의심이 풀리지 않겠습니까?"

이덕형이 옳다구나 싶어 무릎을 쳤다.

"세자 저하의 의견이 참으로 적절한 듯하옵니다. 전하, 그리하시옵소서."

윤두수도 바짝 편을 들었다.

"듣고 보니 세자 저하와 부원군의 의견이 나쁘지 않은 듯싶습니다. 그리해보시옵소서."

선조는 떨떠름했다. 광해가 좋은 계책을 냈다는 사실도 마음에 들지 않았고, 항상 의견이 갈라졌던 대신들이 똑같이 찬동하는 꼴도 마음에 들지 않았다. 그러나 그 계책이 묘수인 것은 부인할 수 없었다.

"경상감사 김수와 초유사 김성일에게 사야가를 받아들이고 왜 적들을 잘 감시하라 이르거라."

섬이 많은 경상도 남해안 지도를 살피는 이순신의 눈이 반짝 빛 났다. 남해 끝자락 조도鳥島가 바라보이는 미조彌助 포구에 정운이 작은 깃발을 꽂았다.

"출정하면, 일단 미조에서 마지막 훈련을 마치고, 소비포所非浦에 정박해 휴식을 취할 것입니다. 그리고 이튿날 당포唐浦에서 원균 수 사와 합류하여 옥포玉浦로 갈 것입니다. 전술은 결정하셨습니까?"

이순신은 거제 옥포의 물살이 어떨지를 생각하다가 답했다.

"함열艦列을 유지하고 작은 배를 이용해 왜선을 800보 안으로 유 인한다."

"800보 안에만 들어오면 적선은 지자총통地字銃筒과 현자총통玄字 銃筒에 박살이 나겠군요."

꽝!!!

포탄 터지는 소리가 귀를 때렸다. 바닷가 드넓은 수군 훈련장에 서 지자총통과 현자총통 터지는 소리가 요란했다. 멀리 붉은 원이 새겨진 큰 판자가 놓여 있고 군관 하나가 눈금이 그려진 막대를 눈앞에 세워 과녁과 수평이 되도록 맞추었다. 눈금에 맞추어지자 큰 소리로 외쳤다.

"600보!"

병졸 두 명이 현자총통의 포신을 괴고 있던 받침대를 포신 중간으로 옮겨 각도를 조금 높였다.

"점화!"

병졸이 심지에 불을 붙였다. 잠시 후 꽝 소리와 함께 포탄이 날아가고 과녁은 산산조각 났다. 폭발이 가라앉자 다른 군관이 지자총통 뒤에 서서 더 멀리 있는 과녁을 목측했다.

"800보!"

병졸들이 받침대를 조금 앞으로 옮겨 각도를 낮추었다.

"점화!"

심지에 불이 붙고 포가 터지면서 과녁은 산산조각 나버렸다. 이순신은 진중하게 그 모습을 보았고, 정운은 의기양양한 웃음을 터뜨렸다.

"하하하! 물귀신이 될 왜놈들 모습이 눈에 선합니다, 장군!"

그때 송희립이 달려와 보고했다.

"우수사 이억기李億祺가 합류하지 않고 있습니다. 아무래도 우수영 구역만 지키겠다는 뜻인 것 같습니다."

이순신이 잠깐 미간을 찌푸리자 송희립이 걱정스럽게 말을 늘어놓았다.

"적은 50척, 우리의 판옥선板屋船은 24척입니다."

정운이 옆에서 거들었다.

"적은 벌써 한성에 닿았을 텐데 분통 터지게 이러고 있을 수 없습니다. 우리라도 출정하시지요!"

이윽고 이순신이 입을 열었다.

"내가 기다린 건, 적이 두려워서가 아니라…… 우수사에게도 공을 세울 기회를 주려 했음이야. 자, 가자!"

안개 속에 가려져 있던 천하의 명장 이순신이 출동하면서 전쟁은 그 모양새가 변했다. 종묘의 본영에서 왜군 장수들은 심각하게 앉아 있었다. 상석에 앉은 우희다수가가 신경질적으로 소리를 질렀다.

"군량 보급로가 막히다니? 그게 무슨 소린가?"

모리길성이 자신의 잘못이라도 되는 양 주춤거리다 겨우 입을 떼었다.

"옥포, 합포合浦, 적진포赤珍浦 일대를 오가던 우리 전함이 조선 수군의 공격을 받아 몰살되다시피 했는데…… 본국에서 보낸 보급선도 그중에 있었다고 합니다."

"몰살이라니, 조선에 수군이 남아 있었던가?"

흑전장정이 거들었다.

"경상도 수군은 거의 전멸되었는데, 전라도 수군이 구역을 넘어와 공격했다 합니다."

"그 전라도 수군의 장수가 누군가?"

"이순신이라는 잡니다."

우희다수가는 미심쩍은 표정으로 고개를 갸웃했다.

"이순신? 들어본 적이 있는가?"

소서행장은 기억을 더듬었지만 그런 이름은 조선군 장수 명단에 없었다.

"전쟁 전 정탐 보고에는 그런 이름 따윈 없었습니다. 갑자기 부임한 애송이인 듯한데, 조선 수군이 경계를 넘어올 것이라고 예상을 못 했다가 당한 것 같습니다."

가등청정이 비웃었다.

"후방에서 편히 놀다가 제대로 한 방 먹었군."

그렇기는 해도 우희다수가는 어이가 없었다.

"이리되면 당장 군량미 보급이 문제구먼. 어느 정도 남았는가?"

"조선인들에게 배급하다 보니 넉넉지 않습니다."

"배급을 즉각 중단하라."

"그보다 더 심각한 문제가 있습니다. 5만이 넘는 조선군이 북상하고 있다는 급보입니다."

"5만이 넘는다니? 대체 그 많은 군사가 어디서 나타났단 말인가?"

"우리가 아직 점령하지 못한 전라도에서 모집한 병사가 4만 명이나 된다 합니다."

분통이 치민 가등청정이 탁자를 꽝, 내리쳤다.

"그러니까 전라도부터 진격하자고 했을 때 새겨들었어야지. 그랬다면 그곳 쌀까지 싹쓸이해 군량 문제도 해결됐을 것 아닌가."

말을 끝내며 소서행장을 노려보자 두 사람의 눈에서 불꽃이 튀었다. 둘을 만류하며 모리길성이 심각한 목소리로 말했다.

"문제는 이들이 북상하면서 각 지역의 군사들과 계속 합류하고 있기 때문에 한성에 당도하면 군사 수가 6만을 웃돌 수도 있다는 것입니다."

우희다수가는 골똘히 생각했으나 묘책이 나오지 않았다.

"그리고 임진강 너머에 만 명이 넘는 군사들이 진을 치고 있습니다."

"뭐야? 이러다 우리가 포위되는 것 아냐? 우리 병력 상태는 어떤가?"

가등청정이 재빨리 대답했다.

"제가 이끄는 병력이 2만 2천, 구로다 병력이 1만 1천, 요시나리

병력이 1만 4천이고…… 고니시 부대는 부상자가 많아서 가동할 수 있는 병력이 9천에 불과합니다."

우희다수가는 긴장한 빛이 역력했다.

"내 병력을 합치면 7만 정도 되겠군……. 어떻게 하면 좋을까?"

성질 급한 가등청정이 제일 먼저 나섰다.

"저라면 앉아서 기다리지 않습니다! 위아래로 협공당할 수도 있으니까요. 선제공격을 감행하지요."

이번에는 소서행장도 순순히 그 말에 찬동했다.

"병력을 나누어 한쪽은 북쪽의 조선군을 공격하고, 다른 한쪽은 올라오는 조선군을 막도록 하는 게 좋겠습니다."

"좋아. 각 지역에 척후를 보내 적의 이동 경로를 파악하고 명령이 떨어지면 곧바로 출전할 수 있도록 대기하라."

19.
첫 승전보,
그리고 비참한 죽음

황주를 떠난 어가 행렬은 5월 7일 평양에 당도했다. 그 시각 이순신이 왜 전함을 남해 옥포에서 26척, 합포에서 5척, 적진포에서 11척 대파했다. 그러나 승전보는 전달되지 못했다. 평양 행재소에 자리를 잡자마자 선조는 전황부터 물었다.

"왜적이 어디까지 올라왔답니까?"

병조판서 김응남이 보고했다.

"도성에 왜적 수장이 도착하긴 했는데…… 북상하려는 움직임은 아직 없다 하옵니다."

윤두수가 자신의 생각을 읊조렸다.

"우리 군과 전투를 치르면서 적들도 타격을 입었을 것이고, 전력을 재정비하고 있을 것이옵니다."

"우리 군의 지금 병력은 얼마나 되오?"

"전라감사 이광과 경상도 순찰사 김수, 충청도 순찰사 윤선각尹先覺이 이끄는 삼도 근왕병 5만여 명이 북상 중이옵니다."

선조는 의아했다.

"이광은 다시 내려갔다 하지 않았소?"

"그러했는데…… 류성룡 대감이 보낸 격문을 읽고 전열을 재정비해서 올라오고 있습니다."

선조가 묘한 표정으로 고개를 끄덕이자 김응남이 이어서 계속 보고했다.

"또한 한강을 방어하던 도원수 휘하의 군사 7천 명과 도성을 지키던 유도대장 휘하의 군사 5천 명도 평양으로 오고 있사옵니다."

이원익이 짐짓 신나는 목소리로 거들었다.

"평안도 군사 1천 명과 황해도 군사 2천 명이 이곳 평양성에 주둔해 있사오니 적어도 7만은 되옵니다."

"군량미는 얼마나 되오?"

"4만여 섬 정도입니다. 어가를 영접할 수 있도록 준비하라는 전하의 명을 받자옵고 인근 곡식들을 모두 이곳 평양으로 옮겨두었사옵니다. 먼 지역은 평양으로 군량을 보내라고 기별을 했으니 속속 도착할 것이옵니다."

파천을 한 뒤 처음으로 선조가 잠깐이나마 웃음을 지었다.

"잘했습니다, 잘했어요. 어떻소? 좌상, 이 정도면 해볼 만하지 않겠습니까?"

윤두수는 감격했다.

"네, 전하. 거기다 평양성은 철옹성과 같은지라 왜적을 능히 막아내고도 남을 것이옵니다."

갑자기 위엄을 갖추고는 선조는 하명했다.

"모두에게 들라 하시오."

피곤에 절었지만 조선 제2의 성에 무사히 안착하고, 군량미도 풍부하고, 사방에서 조선 군사들이 진군한다는 소식에 적이 안심이 된 신하들은 한껏 밝은 표정으로 임금 앞에 도열했다.

"과인이 오래도록 나라의 위태로움을 모르고 지내다가 급작스러운 왜적의 침입으로 황망히 도성을 떠나왔소. 그로 인해 인심은 흩어지고 종묘사직은 벼랑 끝에 서게 됐으니 이 죄를 죽음이 아닌 무엇으로 씻을 수 있겠소. 평양성을 최후의 방어선으로 삼고 이곳에 과인의 뼈를 묻으려 하오."

"참으로 용맹스러운 결단이시옵니다."

"허나 전하께옵서는 곧 이 나라 조선이시옵니다. 전세가 아직 위태로우니 직접 나서시는 건 위험하옵니다. 부디 자중자애하시옵소서."

그러나 선조는 흐뭇함을 감추지 못했다.

"세자를 세웠는데 무엇이 걱정이오. 경황이 없어 늦었지만, 이제 세자가 책봉됐음을 온 나라에 반포하시오. 근본이 세워졌으니 지금부터는 과인이 직접 전쟁에 나설 것입니다. 아울러 역적 외의 죄인을 사면하도록 하고 공물 등의 세금을 면제하여 민심을 다독이도록 하시오."

신하들은 일제히 머리를 조아리고 입을 모았다.

"성은이 망극하옵니다."

행재소 밖으로 위풍당당하게 걸어 나온 선조는 평양성을 둘러보았다. 검푸른 대동강을 끼고 축성된 평양성은 그 누가 보아도 천혜의 요소였다. 이곳에서 왜적을 물리치고 곧 한성을 수복하리라 결의를 다졌다. 뒤따르던 김응남이 새 소식을 전했다.

"전하, 도원수 김명원이 군사를 이끌고 곧 평양에 당도한다 하옵니다."

"평양까지 올 것 없소. 임진강에 방어선을 치고 북상하는 적을 물리치도록 지시하시오. 아니지, 이미 한강 방어에 실패한 장수에게 다시 임진강을 맡겨도 되겠소?"

윤두수는 김명원에게 기회를 주고 싶었다.

"당시에는 적군의 병력에 비해 턱없이 적은 군사라 후퇴할 수밖에 없었을 것이옵니다."

"겁이 나서가 아니고? 명나라에 주청사로 다녀온 한응인에게 군사와 지휘권을 주고 임진강 방어를 맡기시오. 도원수 김명원보다 젊으니 진격하는 결단성은 그보다 나을 것이오."

김응남이 즉각 반대했다.

"그리되면 명령 체계가 하나로 통일되지 못해……."

그까짓 게 뭐가 문제냐는 듯 선조가 간단히 지시했다.

"유사시엔 한응인이 통솔토록 하시오!"

그렇게 해서는 안 된다는 것을 잘 알지만 김응남은 선조의 고집스러운 입술을 보고는 더 이상 주청하지 못했다.

"알겠사옵니다, 전하."

군령이 하달되자 김명원은 벌린 입을 다물지 못했다.

"뭐라고! 지금 나보고 한응인의 지휘를 받으라?"

부장이 어쩔 줄 몰라 변명을 늘어놓았다.

"그게, 저…… 주상 전하의…… 항상 그런 게 아니라, 유사시에 그렇다는 얘깁니다."

"유사시든, 평시든, 나보다 한참이나 어린 자에게 도원수인 내가 지휘를 받으라니!"

"한강 방어를 못 한 것에 책임을 물으려는 게 아니겠습니까."

김명원은 화가 머리끝까지 치밀어 탁자를 발로 꽝, 차버렸다.

"이게 다 부원수 신각申恪 그놈 때문이야! 내 명령만 따랐어도 다시 반격하려 했는데 말이야. 신각에게 군영으로 복귀하라는 서찰은 보냈느냐!"

"네."

그 시각 신각은 양주에 둔을 쳤다. 한강 싸움에서 패한 후 유도 대장 이양원을 따라나선 것이 김명원의 화를 돋우었으리라고 전혀 생각하지 못했다. 병사들이 들판에 앉아 창검을 손질하고 있을 때 파발마가 급히 달려왔다. 말에서 내린 부장은 군막을 젖히고 안으로 들어가 신각에게 서찰을 내밀었다.

"도원수 김명원 장군께서 보낸 서찰입니다."

칼을 내려놓고 신각은 마땅찮은 표정으로 서찰을 읽었다.

"도원수 휘하로 복귀하라고?"

"어찌하실 겁니까?"

신각은 서찰을 다시 들여다보며 불만을 토로했다.

"그날 한강에서 도원수의 행태를 보지 않았느냐! 적 앞에서 도망가는 비겁한 장수와는 함께하지 않을 것이야!"

부장은 다시 말을 휘몰아 임진강 김명원의 막사에 당도했다.

"신각이 보낸 답서입니다."

부원수 신각은 왜적과 싸울 의지가 없는 도원수 진영으로 돌아가지 않을 것입니다. 이곳에서 왜적과 싸우다 죽을 것입니다.

의지는 비장하고, 충정은 높았다. 그러나 군율에 정면으로 어긋나는 행동이었다. 김명원의 손이 파르르 떨렸다.

"신각에게 전햇! 당장 돌아오지 않으면 항명의 죄를 물어 참하겠다고!"

그때, 한응인이 성큼 들어섰다. 대뜸 교지를 내밀며 위압적으로 말했다.

"전하께서 이 사람을 도순찰사로 임명하시고 유사시 이곳을 지휘하라 하셨습니다."

김명원은 분통이 연이어 터졌다. 임금의 교지가 눈앞에 있건만 화를 억누를 수 없었다.

"이미 들었소만, 군사들은 오랫동안 내가 지휘해왔소이다! 그리고 내가 아직 도원수인데, 어찌 순찰사의 명을 받는단 말이오! 이런 경우는 없소이다!"

한응인의 목소리도 덩달아 올라갔다.

"따지시려거든 주상 전하께 따지십시오. 그리고 신각은 복귀했습니까?"

"⋯⋯."

김명원이 대답을 못 하자 한응인이 혀를 끌끌 찼다.

"부하도 제대로 통솔치 못하면서 어찌 도원수라 할 수 있습니까. 그러니 주상께서 믿지 못하시는 게지요!"

신각은 명령 같은 것은 아무래도 좋다고 생각했다. 중요한 것은 왜적을 무찌르는 것이며, 장수는 모름지기 나라와 백성을 위해 목숨을 바치는 것이라 여겼다. 칼을 매만지며 전의를 다질 때 부장이 달려왔다.

"척후로 보이는 적들이 진격해 오고 있습니다."

"규모는?"

"백여 명 가까이 되어 보입니다."

"군사들을 매복시켜라."

때가 왔다고 생각한 신각은 갑옷을 단단히 차려입고 진영 밖으로 나와 병사들과 함께 산등성이에 매복했다. 잠시 후 먼지를 일으키며 척후 부대가 말을 타고 달려왔다. 바위와 소나무 뒤에 엎드려 숨을 죽이고 있던 병사들은 명령이 떨어지기만을 기다렸다. 왜군들이 좁은 산길을 통과하려는 순간 신각은 낮게 소리쳤다.

"쏴라!"

동시에 화살이 비처럼 쏟아졌다. 화살을 맞은 왜적들이 말 아래로 떨어지자 전열이 흐트러지고 순식간에 아수라장이 되었다.

"죽여랏!"

외침과 동시에 조선 병사들은 아래로 쏟아져 내려가 왜적들과 백병전을 벌였다. 매복을 예측하지 못한 데다 기습적인 화살 공격에 혼비백산한 왜적들은 사기충천한 조선 병사들의 칼 아래 짚단처럼 쓰러졌다. 신각의 반대편에서는 부장과 병사들이 왜군을 향해 돌진했다. 왜적들은 결사적으로 저항했지만 전세를 돌릴 수는 없었다. 거대한 몸집의 왜군 장수가 격렬하게 칼을 휘둘렀으나 신각의 무술을 이기지 못했다. 기합을 지르며 칼을 휘두르자 그 목에서 분수처럼 피가 솟았다. 병사들이 얼싸안고 함성을 내질렀다. 4월 13일 이후 한 달 사흘 만에 조선군이 땅 위에서 처음으로 세운 값진 승전이었다. 신각은 칼의 피를 닦아내며 부장에게 명했다.

"이놈들의 수급을 모조리 취합하여 주상 전하께 보내라!"

그러나 김명원의 장계가 더 빨랐다.

신 김명원이 전하께 아룁니다. 부원수 신각은 한강 방어에 패한 뒤에 마땅히 도원수의 군영으로 돌아와 지휘를 받아야 함에도 불구하고 이를 거부하고 있습니다. 이에 신은 주상 전하의 명임을 알리고 또다시 복귀를 촉구했으나 신각은 왜적과 싸울 의지를 버리고 숨어만 있으니 신도 어쩔

도리가 없습니다. 신각의 방자한 행태가 이 지경에 이르렀으니 전하께서 부디 군령의 엄중함을 보이시어 군의 기강을 바로잡아 국난을 극복토록 하시옵소서.

선조는 복잡한 마음으로 장계를 서안 위에 놓았다.

"참판도 신각의 일에 대해 알고 있었소?"

이항복이 주저하다가 아뢰었다.

"신각에 대해서는 도원수 김명원과 유도대장 이양원의 말이 서로 다릅니다. 이양원이 말하길 신각은 도원수 김명원의 명이 부당하다고 생각되어……."

선조가 그 말을 잘랐다.

"그게 문젭니다. 지금은 전쟁 상황이오! 옳든 그르든 일단은 상관의 명을 따라야지. 모두가 자신의 뜻과 합치되지 않는다고 명을 따르지 않으면 대체 이 나라의 위계질서가 어찌 되겠소! 군의 기강이 이러하니 적과 싸우기만 하면 지는 것이오! 내 신각의 목을 베다시는 상관의 명령을 어기는 일이 없도록 본보기로 삼을 것이오!"

'군령을 위반한 신각의 목을 베라'는 선조의 명을 받은 선전관이 양주를 향해 바람처럼 떠났다. 뒤이어 신각의 장계와 함께 왜적들의 잘린 머리가 나무 궤짝에 담겨 행재소로 들어왔다. 수레에 실린 수급을 보며 이덕형이 활짝 웃었다.

"승전보가 왔습니다. 드디어 첫 승전보가 왔단 말입니다!"

"어디서 말인가?"

"양주 해유령에서 신각이 왜군의 척후 부대를 전멸시키고 그들의 수급을 모두 보내왔습니다!"

대답이 끝나기도 전에 류성룡은 비명을 내지르며 주저앉았다. 비명은 류성룡에서 그치지 않았다. 행재소 마당에 쌓여 있는 수급을 보며 선조는 머리가 어지러워 금방이라도 쓰러질 것 같았다. 윤두수가 부축하자 미친 듯 소리 질렀다.

"어서…… 어서 다른 선전관을 보내라. 신각의 형을 멈추라 하라!"

선조의 하명을 받은 선전관이 말에 올라 양주를 향해 바람보다 더 빠르게 질주했다. 선전관이 들을 지나고, 산길을 거치고, 내를 건너뛰어 해유령으로 쉬지 않고 질주할 때 양주 군영에서는 차가운 바람이 불었다. 무릎을 꿇고 앉은 신각 앞에서 선전관이 어명을 엄숙하게 읽었다.

이에 과인은 즉시 신각의 목을 베어 군영을 엄히 하려 한다. 이후 제장과 병사들은 모두 도원수 김명원의 휘하로 복귀하라.

선전관이 칼자루를 잡자 신각은 하늘을 우러러보았다.

"이게 내 운명이다. 나는 왜적과 싸우다 장렬히 전사한 것이라 여기거라……."

눈을 질끈 감자 선전관의 날카로운 칼이 신각의 목으로 떨어졌다. 조선 땅에서 첫 번째로 승리를 거둔 신각은 그렇게 비참하게 목숨을 잃었고, 그의 처 정씨는 남편이 죽자 장례를 치른 후 자결했다.

* 2권으로 이어집니다.

KI 신서 6094

징비록 1

1판 1쇄 인쇄 2015년 5월 8일
1판 1쇄 발행 2015년 5월 14일

극본 정형수 · 정지연 **소설** 김호경
펴낸이 김영곤 **펴낸곳** (주)북이십일 21세기북스
부사장 이유남
미디어사업본부장 윤군석
책임편집 김성현 **디자인** 오혜진
영업본부장 안형태 **영업** 권장규 정별철 오하나
마케팅본부장 이희정 **마케팅** 김한성 최소라

출판등록 2000년 5월 6일 제10-1965호
주소 (413-120) 경기도 파주시 회동길 201(문발동)
대표전화 031-955-2100 **팩스** 031-955-2151 **이메일** book21@book21.co.kr
홈페이지 www.book21.com **블로그** b.book21.com
트위터 @21cbook **페이스북** facebook.com/21cbook